要学习孔繁森同志的境界感。他有一句名言:“爱的最高境界就是爱人民。”

——习近平

孔繁森

高杉 著

大爱传奇

一个人爱的最高境界是爱别人，

一个共产党员爱的最高境界是爱人民。

CIPG | China Foreign Languages Publishing Administration
中国外文出版发行事业局

外文出版社
FOREIGN LANGUAGES PRESS

目录

一个人何以至今仍在**感动**着**中国**

引子

1994 年 11 月 29 日，新疆塔城地区托里哈萨克自治县境内的一场车祸，夺去了一位五十岁汉族援藏干部的生命。这个人的突然离去，在距此 3000 公里之外的西藏阿里广大的藏区群众心中造成了巨大悲恸。男人们收起帐篷上的五色经幡，女人们摘下佩戴的头饰，这是当地藏胞失去尊贵者和亲人后特有的习俗。

“活菩萨”“北京派来的亲人”“我的父亲”是他帮助过的基层藏族群众对他的称颂。那些遥远牧区的藏胞双手合十说，毛保证，他是老百姓的“本布拉”（藏语，意思是“当官的”的）。毛保证，是向毛主席保证如何如何的意思。这是西藏和平解放以后，藏族群众源于对开国领袖毛泽东主席的崇敬，创造的一句特殊虔敬词语，在这里用于表达从内心对这样一位好干部的赞美。

他就是，中共阿里地委书记、阿里军分区党委第一书记、阿里地区政协主席孔繁森。

那几天，各式的哈达、治丧用的白布和白纸，成为这个边疆小镇市面上最短缺的商品。在日喀则市岗巴县，他帮助过的乡亲为他念经祈祷，当年被他救活的孩子仁青面对遗像诉说心中的遗憾；在拉萨烈士陵园，他收养的孤儿曲英、贡桑发出 “爷爷回来”的哭喊，为他捧上最后一抔高原热土；在老家聊城，妻女哭昏在灵堂，父老乡亲用传统祭奠的方式跪迎他的骨灰回家；在北京，中共中央组织部的领导为这位好干部的过早逝去扼腕叹息，要求有关部门一定照顾好他 90 多岁的老娘、多病的妻子和三个孩子，并专门向中央做了汇报。

他两次赴藏，历时十年，清廉为官，一贫如洗，三次卖血抚养藏族孤儿，三次遇险，大难不死，矢志不渝，最后带着一身伤病，倒在为人民奔波的路上。他给雪域高原留下一位共产党员情系群众、无私无我的赤诚大爱，一种脱贫致富、改天换地的坚定信念，一张全面改革开放、摆脱贫困落后的宏伟蓝图，还有一份地委书记寒酸清贫的遗产——仅有的 8 元 6 角人民币。

随即，中共阿里地委、聊城地委、西藏自治区党委、山东省委先后做出决定，号召各级党组织、全体党员干部向他学习。1995 年 4 月，中共中央号召全党、全军、全社会开展向孔繁森学习的活动，一场规模空前、影响深远的学习宣传，在神州大地迅速兴起。孔繁森事迹报告团、事迹巡回展览走遍大江南北，几乎所有老百姓，都在一夜之间知道了他的名字。两个月后，中宣部批准建立的孔繁森同志纪念馆，在他的家乡山东聊城美丽的东昌湖畔，开始接待来自海内外的摩肩接踵的观众。

孔繁森的名字已经镌刻在共和国的集体记忆里，成为中华民族伟大精神的重要组成部分。1995 年，他被国务院授予“全国先进工作者”，被中共中央组织部追授为“模范共产党员”“优秀领导干部”；2009 年，他被评选为“新中国成立以来感动中国人物”，被中华全国总工会评为“时代领跑者——新中国成立以来最具影响的劳动模范”；2018 年，被党中央、国务院授予“改革先锋”称号；2019 年，被评为“最美奋斗者”个人。在庆祝中华人民共和国成立 70 周年的国庆大典上，孔繁森和焦裕禄、杨善洲的彩色塑像屹立在“不忘初心”方队的彩车上，引起万众瞩目。2021 年，他被公布为建党百年 100 位重要英雄模范之一，孔繁森精神和老西藏精神一起被列入第一批中国共产党精神谱系。

这位从冀鲁豫边抗日根据地中心区长大的、革命老区人民的儿子，是如何从古运河畔割茅草、挖野菜的农家少年，成长为造福人民、功垂青史的人民英模的呢？

古运河边长大的少年

第一章

古运河边长大的少年

那一场民族的灾难，让他成为生在别人家的孩子

回五里墩：共产党帮咱生产自救、重建家园

等咱家锅里摆满不掺野菜的干粮就好了！

那些忠良，那些天上的星星

老师同学眼中的“小大人”

艰苦而快乐的技校岁月

祖国在召唤，军旗在召唤

那一场民族的灾难，让他成为生在别人家的孩子

1944 年 7 月的一天，天气奇热，树上的知了好像也受不了高温的炙烤，一声高过一声地痛苦鸣叫。山东省堂邑县城南关的一座普通的小院里，马上要当爹的乡下农民孔庆会，却没有一点添丁进口的喜悦。

此刻，这位老实巴交的男人正站在房东常继云的门前，犹豫着如何进门说出自己的请求。尽管在此之前，媳妇李氏已经催了他无数遍，他总是推脱，一连三天仍没有动窝的意思。李氏知道丈夫不愿张嘴求人的脾气，但又不得不拉下脸来去求人。“你再不去，孩子就生出来了，非等着人家把咱们骂出门去！”孔庆会还在犹豫，直到李氏哭着对他说：“难道你让我一个妇道人家，挺着个大肚子去下跪求人。”他才说：“好吧，我去，我这就去！”

常继云每天回来吃午饭，饭后躺一个时辰就回店里，晚上在杂货铺看店也不回家。孔庆会要瞅着人家饭后吸烟还没午睡的空儿，把那

个事儿说说。

“掌柜的，”孔庆会刚一张嘴，常继云就马上说道，“庆会，你咋这么客气，咱是老亲戚，什么掌柜的，叫哥多亲近！”常继云看到孔庆会欲言又止的样子，痛快地说：“孔老弟，有事就直说吧。”孔庆会这才想起腋下还加着一包烟叶，连忙抽出来放在桌子上。“继云哥，你尝尝这‘黄金叶’，我刚在集上买的。”常继云笑着说：“你看你这个人，说个事儿还这么费劲。你拖家带口的，哪有钱买这么好的烟叶？啥事儿，说吧。”看到常继云鼓励的语气，孔庆会鼓起勇气说明来意：

常继云听完不禁倒吸一口凉气。他原以为孔庆会是来借钱的，没想到会给他提出这么个难题。眼下的情况是，他们一家七口，老家五里墩回不去，整个堂邑县城都被逃难的人们住满了，别说没地儿，就是有，也绝对不会让租户在自家的房子里生孩子。

也不知道从哪朝哪代，这里兴起不能在别人家里生孩子的风俗。否则，会对主家不吉利，甚至有血光之灾。至于道理何在，没人去挑战这个规矩儿，更没人去验证这个传说是否灵验，别说是租房子的，就是亲生的闺女结婚后，都不能在自己娘家生孩子。据了解，中国鲁西，都有这个忌讳。

看到常继云沉默不语，孔庆会双手抱拳作揖要下跪请求，常继云马上动了恻隐之心，连忙起身拉住孔庆会，说：“大兄弟，可使不得，你让我和你嫂子商量商量。”然后，长叹一声：“要不是鬼子汉奸造孽，你们家怎么会到这一步！你等我信儿。”孔庆会一家是 1943 年逃难到堂邑城里的，家在城北距这里五里之外的五里墩。

1942 年下半年到 1944 年上半年，鲁西北遭遇百年罕见的大旱，农作物收成很少。树叶吃光了，树皮剥光了，饿殍遍野，满目荒凉。几个窝头就能换一亩地，十几斤粮食就能换个媳妇。因为大旱灾，东北方向飞来了蝗虫，蝗虫多的遮天蔽日，庄稼一夜就被吃光了。谷子和高粱地里，全是蚂蚱。看庄稼的回家吃午饭，再回到地里，二亩庄稼就全被吃光了。不仅天灾，还有人祸，鬼子汉奸也来了。国民党党政要员弃山东百姓而不顾，逃往安徽阜阳，国民党六区各县群龙无首，堂邑县长牟锡山与日伪军和土匪杂牌军狼狈为奸，继续与共产党为敌，不断制造事端。特别是这一带“闹老齐”，杂牌司令齐子修烧杀抢掠，欺男霸女，敲诈勒索，更是让老百姓民不聊生。农民的耕牛、种子都被他们抢走，群众白天不敢做饭，谁家烟筒冒烟就去抢饭，实在没东西可抢，就拆老百姓房子上的门窗换钱换吃的。加之，日军在鲁西实施的细菌战，导致鲁西的临清、冠县、堂邑等19个县，冀南的清丰、大名、威县等6个县，霍乱大流行。在天灾人祸的双重压迫下，人们只得背井离乡四处逃难，有的逃荒到东北三省，有的流浪到黄河以南。以堂邑为中心，冠县东、莘县北、聊城西十几个区，形成方圆一百多里的无人区。

孔庆会没有出远门的能力，也不愿离家太远，只得托远房亲戚的关系找到常继云，在相比乡下安稳的县城租房住下，平时做些零工，过着饥一顿、饱一顿的日子。越是不够吃的，家里又要添一张嘴。孔庆会有老娘（老爹去年饿死了）、两个儿子繁利、繁荣，两个女儿繁玉、繁青，这下又要多一个孩子。添丁进口，这本该是件好事，可在老孔家怎么也高兴不起来。先甭说以后的日子怎么过，眼下生孩子都无处可去。常继云考虑了三天，终于给孔庆会回了信儿：谁都有作难的时候，这样的年景，能保命就不错了，别在意那么多老讲究了。他让妻子专门带着半斤红糖去看望孔庆会媳妇，让她安心在这里生养。

孔庆会两口子一直悬着的心，终于放进肚子了。听到不再折腾搬家的消息，几个孩子都高兴得拍手蹦高，笼罩在孔庆会一家头上的阴云，开始散去。

常家媳妇一直佩服李氏的善良贤惠，李氏也佩服常家嫂子利索能干。两个人还偷偷拜了干姊妹。直到孔庆会离开堂邑回到村里，两家的友谊一直延续到下一代。

就这样，1944 年，天气最热的农历六月，孔庆会家的“三儿”降生在山东省堂邑县城南街常继云家的三间东屋里。这个后来感动中国、名扬天下的叫孔繁森的孩子，出生地并不是一直被认为的山东省聊城市东昌府区堂邑镇五里墩村。

他的父亲孔庆会在那个时候，并不知道被鬼子占领的土地已经被共产党悄悄改名为武训县，并且成立了抗日民主政府。据常继云侄子常持启口述，他的婶子、常继云的妻子亲口告诉他，老孔家的三儿，还是在咱家东屋生的呢！并肯定时间是天很热的时候。说这话的时候，他的年龄 70 岁左右，头脑特别清楚。孔繁森的二哥、二姐都证实在堂邑常家住过。聊城市的几位党史专家也通过查阅资料得知，当时的五里墩正在“无人区”的中心地带，根本不可能有人居住。

回五里墩：共产党帮咱生产自救、重建家园

1945年7月20日夜，鲁西北军分区的22团，再次攻打堂邑，经过两天两夜的英勇战斗，被日伪军占领7年之久的古城，终于完全回到了人民手中。

对孔庆会一家来说，是走还是留，成为两难的选择。

孔庆会不断打听五里墩的情况，还专门回去一趟，亲眼看到抗日民主政府在给穷苦百姓办好事，终于下定了回家的决心。他用一辆手推车，一边装着锅碗瓢盆被窝家当，一边坐着怀里抱着三儿的老娘，后面跟着小脚媳妇李氏和另外四个高矮不一、精精瘦瘦的孩子。他一边推着车子走，一边想起送行的常继云两口儿，心里热乎乎的，两眼不禁湿润了。

他望着路边刚刚开垦出的荒地，心想：八路军把鬼子汉奸赶跑了，终于能安安稳稳过日子了！他才35岁，正当壮年，手脚勤快，又有做

买卖的经验，除了地里的收成，还能挣点零花钱，加上两个儿子、两个闺女一天天长大，吃饱穿暖的好日子很快就会到来的。

想到这些，他觉得浑身充满了力量，推着的小车又快又稳。身后跟着的李氏感觉到丈夫的好心情，一面紧赶几步为他擦着脸上、脖子上的汗珠，一面对他说："慢点，三儿睡着了。"小车上，甜梦中的孔繁森酣睡在奶奶怀抱里，全家人怀揣着对新生活的希望，回到了五里墩。由于党和民主政府采取了一系列生产自救的办法，一年多时间，无人区恢复了生机，成为蒸蒸日上、生机勃勃的解放区。

到了 1949 年，日子真的过成了孔庆会两口子盼望的那样，这个家发展成一个人丁兴旺的大家庭。据孔繁森档案中记载，当时，孔繁森两个姐姐已经出嫁，这个家已经四世同堂，还有九间房子、三十亩地、一头牛。这正是典型的北方农民所追求的理想家庭模式，也足以看出孔庆会的勤劳能干和李氏的持家有方。

五里墩，这个鲁西平原上的一个普普通通的小村庄，西邻马颊河，东临古运河。当年，这里地属山东省堂邑县。在这片黄河文化、运河文化、水浒文化深度融合，农耕文明和商业文明交相辉映的土地上，中华民族优秀传统文化哺育出无数仁人志士，众多先贤先烈留下忠孝仁义、敬天爱人的佳话和舍身保国、见义勇为的美名，曾写下"兴，百姓苦；亡，百姓苦"的元代文学家、堂邑县尹张养浩在这里留下"惩处强盗，昭雪冤狱，保境安民"的政绩；理学大师穆孔晖道德文章影响桑梓、传诵至今；清末农民起义领袖宋景诗创建黑旗军在此征战，留下威名；千古奇丐武训含垢忍辱、矢志兴学书写了平民教育的旷古传奇。中国共产党诞生以后，革命文化在这里蓬勃发展，中共鲁西特委在这里成立，开始广播革命火种；范筑先在这里创造国共合作救亡的典范经验，最后率七百壮士玉碎聊城、尽忠殉国；堂邑游击队（鲁西北最早的中共抗日队伍）在这里组建，杀得敌人闻风丧胆；早期革命家赵健民、徐运北在这里投笔从戎掀起救亡狂飙，筑先抗日游击纵队在这里汇成抗战巨澜。这样一个经济落后、生活贫困却不失骨气血性、自强奋斗的人文环境，为孔繁森的精神成长和品德涵育提供了先天条件。

等咱家锅里
摆满不掺野菜的干粮就好了！

像那个年代所有农家孩子一样，孔繁森在饥寒交迫的环境中顽强地长大了。也许是上天故意考验这方人，五里墩和南部靠近县城的几个村庄相比，土质明显不同。这个古运河边上的小村庄，地势低洼，土壤盐碱严重，地面结着厚厚的盐碱壳，春冬两季一片白茫茫，夏季遍地水汪汪，除了红荆条（柽柳）和碱蓬棵，什么都长不好。从这里穿过的大运河，给聊城带来六百年的繁荣，但并没有给这个小村庄带来经济发展的机会。面朝黄土背朝天，以种植业为主的生产方式，使这个村里的人，长期困守在自给自足、封闭保守的经营格局中。孔庆会多少代之前，就是老实本分的庄稼人。老老实实做人，本本分分做事，相信人不糊弄地，地不糊弄人，像老牛一样把力气下在田地里。除了种好庄稼，他还在春冬两闲的时候，刮些盐碱土淋几十斤硝盐，推到集上去卖，还推着小推车到一百多里地之外的河北地界，贩些锨头、镰刀、犁铧、锄把等小农具，挣些零花钱，给家里换个油盐酱醋，针头线脑。他还有一手烧砖瓦的技术，被聘请做过多年村上的窑业经理。在村民眼里，他是个能人，更绝对称得上是个厚道实在的勤快人。他和老婆要靠脚下的土地和手中的小买卖，养活一大家子人，还要为三个儿子盖房娶媳妇。从孔繁森记事起，锅里永远是两种干粮：一两个纯粮食做的饼子、窝头，其他都是高粱面、地瓜面和掺着野菜的团子。在那样的年月里，孔家人仍恪守先辈留下的“尊老敬客”的古训，把纯粮食的干粮让老人和来家的客人吃，成年人和孩子吃比较差的食物。这种礼让的家风，在物质极度困乏的年代，对幼小的孔繁森来说，无疑是一种良好的品德教育。直到20世纪80年代，鲁西农村普遍实行家庭土地联产承包责任制，农业生产条件得到彻底改善，这些低产田和荒地才开始变为高产稳产地块。孔繁森一家“锅里摆满不掺野菜的干粮”的理想，才得以真正实现。

饥饿是孔繁森童年最深刻的记忆。所以，这让他养成爱惜食物、珍惜粮食的习惯和适应艰苦生活的能力。

那些忠良，那些天上的星星

夏夜，蔚蓝色的天幕上，镶嵌着钻石般璀璨的繁星。孔繁森和小他四岁的大侄儿仰面躺在平展展的打麦场上，身下藁蒹（本地用麦秸捆扎的草垫）还散发着新麦草的芳香。母亲一边用麻线纳着厚厚的鞋底，一边向两个孩子指点着天上的银河，给他们讲牛郎和织女的故事，告诉他们哪几颗是勺星（北斗七星），哪一颗是启明星，用一个不识字的农家妇女所有的见闻和想象，讲述天上星座的神话传奇。她用“狼来了”，告诉孩子们“人不诚实就会遭报应”；用“寒号鸟”告诉儿孙办事拖拉会造成灾难；她还讲鲁义姑的故事，让孩子做事要讲仁义，先顾别人再想自己。她借用天际上划过的一颗颗流星，告诉孩子们“天上一颗星，地上一个丁”的人生道理，对孩子进行做善事、当好人的最初启蒙。堂邑庙会的舞台上，游乡串村的说唱鼓词里，杨家将、岳飞、红脸关公、黑脸包拯，逐渐走进孔繁森的心灵。“那些人咋就不要命、不要家、不要钱呢？”小小的孔繁森趴在父亲宽厚温暖的背上，不止一次问孔庆会。孔庆会想了想，告诉儿子：“这些人心里，有比命、比家、比钱更要紧的东西！”“有什么东西，比命、比家、比钱更要紧呢？”孔繁森接着问。“当然是国家、大家和要紧的事啊！”孔繁森打破砂锅问到底：“那都是些什么事啊？”孔庆会答不上来了，他老老实实又有些不好意思地告诉儿子说：“我真的说不上了，爹是大老粗。等你上了学、认了字，老师和书本就会告诉你，这都是些什么事了。”

1950 年夏天的一个晚上，村小学的赵伯祥老师来到孔繁森家，动员这个 8 岁的孩子上学。送走老师，孔庆会和李氏商量了半天，终于做出送三儿上学的决定。由于家里穷，两个儿子、两个女儿都没上学，眼下解放了，到处都缺文化人。看到别人家的孩子，高小毕业都能找个工作，心里总觉得对不起孩子们。走进本村小学那简陋的教室，赵老师开始给这些新入学的孩子们一一起名。按照孔家的家谱，为“三儿”起了正式的学名：孔繁森。他摇着书包高兴地跑回家，告诉全家人：“俺有大名了，俺叫孔繁森，孔繁森就是俺！”从此，这个名字，伴随了他的一生。

老师同学眼中的"小大人"

从五里墩村上到四年级，12 岁的孔繁森考入邻村路庄高级小学。那时，小学都是走读。这两年，从早晨早读，到下午放学，每天从家到学校都得往返 6 次，即便刮大风下雨雪，也从不迟到早退，他是班里的全勤生。

在那座建在大庙里的路庄小学，在踏青的运河岸边，老师讲起井冈山、长征、延安，讲起张思德、黄继光、邱少云，讲起朱德的扁担、红军的草鞋……清明时节，班主任王振华老师带领孔繁森和小伙伴瞻仰抗敌救国的范筑先、张郁光、姚第鸿等抗日烈士。孔繁森离开叽叽喳喳的伙伴，一个人特意走到殿后的武圣祠，向岳飞、范筑先的半身塑像鞠了三个躬。在堂邑城西北，有一座由堂邑县人民政府建立的、占地一公顷的烈士祠，祠堂内奉祀着王晋亭、解占柏、齐南峰等聊城籍（包括原堂邑县）革命烈士 928 名。这些英烈们为国为民、慷慨赴死的英雄事迹和浩然气节，深深铭记在小繁森的心里。

他的小学同学孔祥印回忆：村里的孩子，都喜欢结伴到运河东去给羊拔草、给猪挖菜，那里的土地比河西肥沃，野草野菜长得旺盛。去河东的桥在上游很远的地方，大家为了节省时间，都喜欢蹚河过去。有一次，刚下过雨，河水比平时涨了不少。孩子们在河边叽叽喳喳，跃跃欲试。孔繁森说："大家先不要下，我个子高，去探探深浅，淹不着我，你们再下！"他撅了根高粱秸，拄在手里，慢慢试探着往前走，等他安全过河后，像个指挥官一样，向对岸的小伙伴们一挥手，吩咐道："没事了，大同学牵着小同学，男同学拉着女同学，过河！"上下学的时候，不少小同学的家长都托付孔繁森："三儿，给弟弟妹妹看着狗。"孔繁森往往说："放心吧。"每到下雨天，孔繁森就变成"六条腿儿"，他穿上父亲的大蓑衣，大蓑衣下面遮蔽着两个小同学。他一边走，还一边教小同学童谣："大雨哗哗下，北京来电话，叫我去当兵，我还没长大——"

有年冬天，大人们响应公社号召，到别的村庄搞大会战。就是几个村的所有劳动力，都集中在一起突击干农活，吃住在田野里，挑灯在晚上干活，日夜不停，美其名曰：集体力量大，建设农业现代化。这样一来，父母晚上也不能回村，孩子就没人管了。孔繁森和几个同学就索性不回村，住在路庄小学附近的老乡家里。寒冷的冬天，北风呼呼刮着，孔繁森和几个小伙伴，睡在人家用来堆放柴草的、偏房里的小炕上，冻得睡不着觉。看家的老奶奶见他们可怜，就抱来一捆玉米秸，让他们烤火。小伙伴们高兴地要点火取暖，孔繁森连忙制止大家，说："现在每家每户，吃得不够，烧得也不够，这玉米秸还得喂牛羊，咱可不能随便就烧老奶奶的柴火！"看到小伙伴不高兴的样子，他出主意说："咱们玩'碰拐'吧，一会儿就暖和了。"说着，他搬起自己一只脚，跳跃着向另一个同学顶去，另一个同学也不示弱，马上弯起膝盖回击。你碰我我碰你，大家跳跃着、撞击着、笑闹着，似乎忘了屋里的寒冷，等大家都玩出汗，头顶上冒着热气，孔繁森才说："身上暖和了，开始睡觉吧。"

在路庄小学，孔繁森和其他同学一样，都从家里带干粮，然后借老师的锅灶帮着加热。那时候，生活普遍困难，带的饭只能是窝头、地瓜。即便是这样，也有的家庭不能及时保证。看到这种情况，孔繁森经常把带的吃的，匀给大家。有一回，他看到一位乔姓同学小褂烂得不成样子，就把自己的一件蓝布褂子送给他。他生怕人家不要，说："俺娘给俺做了新褂子，这件我穿小了。"第二天，他穿着来上学的褂子比送给乔同学的那件还要破旧。

孔繁森身兼两职，是班里的劳动委员和生活委员，经常从家里拿来锤头和钉子，帮助学校维修门窗、桌凳。他主动承担了擦黑板的任务，对个子小的同学说："你们够不着，这个活儿我包了！"那时候，学校开展义务劳动，夏秋天割青草、冬天刨茅草根。孔繁森在全班的劳动成绩，不是第一就是第二。有时他还帮着其他同学完成劳动定额。

孔繁森是个书迷，只要见到书，不管三七二十一，拿来就看。同学姚崇文不知从哪里弄到一本《岳飞传》，人家还没看完，他就抢到手中，霸揽着不放，都快翻烂了，也舍不得还人家。等到20世纪80年代，他当了地区林业局局长，在劳动局工作的姚崇文见了他，还追要那本书，他说："那是老版本，很珍贵，你不懂爱惜，在你手里不安全。"

笔者发现了聊城县堂邑人民公社路庄小学（六年级）毕业学校登

记册（1959 年 7 月 9 日填写），是目前发现的、孔繁森最早的档案。他当时 15 岁，是这所高等小学成立后第二年招收的五年级学生，孔繁森被分到了一班。王振华老师盖章的各科成绩总评是：语文、算术、历史、地理、自然、体育、唱歌、图画、农业常识九门功课和操行都是五分。在受到过什么奖励或处分一栏是这样填写的：1. 学习模范三次，得铅笔一支，本子两个。2. 去年大协作评为模范，得毛巾一条，帽子一个。3. 去年春节文娱活动，公社奖给奖状一张。这三条都加盖有学校公章。在学校意见栏里是这样评价的：是小队长，是三好生，工作负责，学习认真，成绩优良，热爱劳动，服从领导，听老师的话，思想进步，尊师爱校，生活朴素。在学校，他的文艺才能也逐渐显露出来，那时的流行歌曲，他学会了很多，有一首《歌唱二郎山》，是反映解放军修建川藏公路的，他唱着“二呀么二郎山，高呀么高万丈”，心想克服那么多困难还要把路修到西藏，西藏该是一个多么重要、多么美好的地方。他脑海里浮现着歌词描绘的“运大军守边疆”的壮观画面，对同学说：“我要是参军坐着汽车到西藏守卫边疆该多好！”这应该是他对遥远神秘的西藏产生的最早的向往吧！

高小毕业后，上什么学校，孔繁森的目标开始是不确定的，孔繁森和几个同学步行到相邻的冠县贾镇考高中，那里的老师告诉他们，他们是聊城的学生，不能考冠县的学校。后来，又听说，堂邑要成立农业中学。是考高中还是考农中，是孔繁森的选题。

孔繁森经常站在田头看庄稼，痴痴地想：要是一棵麦子都能结三个穗、五个穗，每个棒子叶上都结一个大棒子该多好啊！在父母的支持下，他考取了刚刚兴办的农业中学。

然而情况并不像孔繁森想的那样。因为师资、经费、办学条件不足，学校搬了两次校址，最后还是停办了。孔繁森只好郁郁寡欢地回到家中，思考着今后的路该怎么走。

后来，听说聊城技校在公开招生，毕了业就能分配工作，当技术工人。这消息对他来说，无疑是久旱逢甘霖。1959 年 10 月，孔繁森考上了时称“山东省聊城专员公署技术工人学校（现为聊城技师学院）”，如愿进入电工 206 班学习，成为全村第一个中专生。

艰苦而快乐的技校岁月

当时，这个学校刚刚筹建，艰苦的条件，出乎孔繁森的意料。学校原是一片荒地，只有两排平房，却有 7 个工种（锻、铸、钳、车、电、刨、木），学校采取半工半读的方式，一边建校，一边学习，目标是培养有中等文化程度、具备三四级技术水平的新型工人。报名时老师问他，面对 7 个工种，想学什么专业。他认真地说："我什么都想学。"老师笑着说："那可不行，必须选一个。"孔繁森想了一下，干脆地说："那我就报电工吧。"

开学典礼上，校长宋玉振的动员讲话慷慨激昂："同学们，别看我们现在一穷二白，但我们有智慧的大脑、勤劳的双手，只要我们发扬艰苦奋斗、勤俭办学的精神，发扬抗大精神、南泥湾精神，努力学习，好好劳动，一个崭新的技工学校，很快就会出现在我们面前！"那时候的孔繁森还听不懂什么是抗大、什么是南泥湾，但从宋校长鼓舞人心的语言和神情中，感受到一种斗志昂扬的精神力量。

当时国家处在经济困难时期，这些正在长身体的学生粮食定量严重不足，晚上，孔繁森经常饿得睡不着，半宿起来弄点开水加几滴酱油喝。有一次，他饿得实在受不了，就和孔祥秋到东边干渠摸了一些小鱼，在宿舍里用脸盆加点盐煮了，和同学们分而食之。

孔繁森所在的206班共有40名学生，班主任是刘兆文老师，班委有马连河、刘士科、孔繁森、刘玉梅等，于秀芬是他们的班长。当时最累的活就是到城外一个叫白洼的地方拉盖房子的红砖。往往去的时候，大家轮流坐在地排车上，高高兴兴唱着歌。回来的时候，就不行了。每辆车子上都装着沉重的红砖，车轮深陷沙土里，不到半路，力气就不够用了。再加上饿得受不了，有的同学就晕倒在路上。有一次，在回来路上，于秀芬连累带饿一下子晕倒了。孔繁森和几个同学连忙把她抬到路边的柳荫下，等她醒过来后，孔繁森从衣兜里掏出半块野菜团子，看着让于秀芬吃下。于秀芬后来知道，这是孔繁森母亲昨天从家里捎来的四个野菜团子，孔繁森舍不得吃，分给了同宿舍的同学，自己留下一块想等到干活最累的时候吃，结果真的派上了用场。2010年，于秀芬在接受采访时说："那半块菜团子，是我这辈子吃到的最好吃的美味！"孔繁森一向对自己很苛刻，对别人却很大方。老母亲心疼他，常常托人给他捎来一些地瓜干、萝卜干、菜团子，二哥还经常给他送些粮票，他从来都是和同学分享。他还经常帮着同学洗衣服，全宿舍六个人，孔繁森的肥皂总是第一个用完。毕业后做一个优秀的电工，这是孔繁森学习的动力。同时，经济困难的家庭、极为艰苦的办学条件，让孔繁森深深懂得学习机会来之不易，特别珍惜求学的时光，他知道那些在农村务农的同学，再也没有这样的学习机会了。

教室里、操场旁、图书室里，看到的都是他勤学苦读的身影。刘兆文老师为他总结了“三多一难”的特点：看的书多、思考的问题多、做的实验多，问的问题难。他几乎翻遍了当时学校阅览室里，所有的电工书籍，笔记本上画满了各种电路图。第一学期结束，他的成绩就在全班名列前茅。

两年多的时间里，孔繁森和同学们硬是在一片荒野上，建起 7 排平房、1 个锻工车间、1 个铸工车间、1 个大仓库，还栽活了 26 棵白杨树。如今，孔繁森所在的技校几年前已搬到开发区，发展成为一座具有现代化办学条件的聊城技师学院。孔繁森和同学当年栽种的毛白杨已是树大根深，枝叶繁茂，仍然挺立在校园里（现在是聊城六中的校区），仿佛在讲述着少年孔繁森孜孜求学的故事。

祖国在召唤，军旗在召唤

1961 年 7 月，上级开始征兵了，这次要在大中专学生中选拔。消息在学校动员大会上得到证实。校长宋玉振面对 300 名学生讲道：“同学们，我们虽然过着安宁幸福的学习生活，但世界并不太平，战争的危险依然存在，国际国内反动派亡我之心不死，我们怎么办？”回答他的是会场上震耳欲聋、此起彼伏的口号声：“提高警惕，保卫祖国！报名参军，巩固国防！”

同学们都被动员起来了，大家摩拳擦掌，纷纷向校领导写申请，有的还写了血书，坚决要求参军，保卫祖国。报名的多，名额少，孔繁森和几个同学找到校长办公室。孔繁森说：“宋校长，让我去吧，俺兄弟三个，我是老三，家里用不着我，俺爹俺娘有两个嫂子、两个姐姐照顾，让我去！”校长表扬了他们的爱国热情，说：“要经过班里的推荐，还要体检、政审，层层批准才行。”让他不要着急，按照上级规定的程序一步一步走。

在聊城这个革命老区，孩子参军入伍，为国家服役，是一件特别光荣的事。在孔繁森的政审表上，专门有“家长对这次服兵役的认识和态度”一栏，是这样填写的：家长对这次服役，表现满意，说好，是光荣的役（义）务。大队党支部意见栏里，直接填了“没意见”，就盖了章。1961 年 7 月 17 日那天，开始体检。填写的体格检查表上显示：孔繁森，年龄 18 岁，身长 171 厘米，体重 51 公斤。诊断为一般健康；结论为合格。

1961 年 8 月 8 日，孔繁森和即将入伍的同学到民主小学集合，然后排队到军分区换上崭新的绿军装。离出发还有四天，孔繁森找老师借了一辆自行车，一路飞驰回到五里墩。“孔庆会家的老三当兵了”的消息，早已插上翅膀飞到他的家乡，传到左邻右舍，小村庄轰动了。亲朋好友都来看他穿着军装帅气的样子，新军装在他身上略显肥大，却更加衬托了这位小伙子的勃勃英姿。

1961 年 8 月 22 日，天上下起蒙蒙细雨。孔繁森和同班同学刘士科、黄启功以及聊城技校入伍的 20 名同学，乘着带篷子的解放牌大卡车，在震耳欲聋的锣鼓和鞭炮声中，踏上赴济南的征程。车刚出城，他就急切地打开于秀芬同学送给他的崭新的笔记本。洁白的纸页上，写满了全班同学的留言。看到那些熟悉的笔迹，仿佛看到同学们那羡慕的神情。

此时，他不知道，在五里墩的邻村三里庄，有一个高个子的王姓姑娘，也听说了他当兵的消息。想到孔家这样一个出色的棒小伙子，要在部队干好了，有可能再也回不来的时候，没来由的一阵惆怅。

第二章

成长在绿色军营里

要当就当一个真正的好兵

影响一生的三位成长导师

做一个像雷锋那样的战士

请战友们看我的行动，我一定要用训练成绩来说话！

赴北京参加国庆观礼

纪律就是纪律

我请求，把这个“五好”给小吴

要当就当一个真正的好兵

原济南军区总医院是孔繁森当兵的第一站，他最初被分到警通排通信班当公务员（当年公务员的工作性质，是为部队机关和首长提供警卫员、勤务员、通信员等勤务服务，不同于如今党政机关干部）。他负责军区总医院办公楼整个楼房的供水，每天六点钟就起床了，一台特制的手推车装二十多瓶水，他从一楼开始，把每个办公室的水都换好，还兼管打扫六个院领导的办公室、三个会议室。每天干到晚上十点多钟，赶上领导开会，要到晚上十一点多钟。同时他还负责去院长、政委家里打扫卫生、买菜买面买油。等忙完自己手头的活，他就跑到病房当起义务护理员，拖地板，刷痰盂，抹桌椅，擦玻璃，给住院的首长和伤病员端屎端尿。什么活脏，什么活累，他都抢着去干，他的躯体里像安着一个有着无穷动力的马达，从来不知疲倦。收发室人手较少，孔繁森经常跑去帮忙，帮着分送报纸和信件。别的战友劝他，干好领导安排的工作就行了，何必这么忙活。他回答说："为人民服务，哪里还分该干的和不该干的！"战友说："你小子怎么这么有劲头呢，整天跟打了鸡血似的。"孔繁森回答说："只要心里装着集体、想着别人，就会有满眼干不完的活，浑身使不完的劲。"那时候，医院放电影要到省军区和济南空军机关来回跑片，每次都得来回三四十公里，电影组的人忙不过来，孔繁森就自告奋勇，当起跑片员。星期天、节假日，别的战友利用晚上休闲时间逛大街、会亲友，孔繁森却骑着一辆自行车，汗流浃背地奔波在各个放映点。虽然自己累一点、苦一点，想到战友们都能看到喜爱的影片，他心里有说不出的高兴。

孔繁森还自费买了一套理发工具，业余时间专门为群众和战友义务理发。退伍时，孔繁森把理发工具赠给了班长臧秀启。臧秀启回到家乡后，用这套理发工具为周围同事、群众义务理发十几年。后来，这套理发工具实在不能用了，他珍藏起来，现在已捐赠给孔繁森同志纪念馆。

影响一生的三位成长导师

孔繁森七年的军营生活，有四年是在原济南军区总医院度过的。在这里，他幸运地遇到了三位老军人，和他们的友谊一直保持到殉职以前。有很多人问笔者，全国学习孔繁森，孔繁森学习的谁？是学习毛泽东思想，学习雷锋，学习王杰，学习身边的优秀共产党员，其中影响较大的，就有徐诚、马从炘、张耀汉三位老军人。

徐诚，原济南军区总医院医务处副主任。1910 年出生在江苏武进区一个农民家庭。这位是孔繁森在部队成长的资料中，不得不提到的女军人，她是一位具有传奇色彩的女中豪杰。1932 年，淞沪抗战打响，徐诚在上海的一所卫生学校还没毕业，就和四个同学组织战地救护队，投入了救死扶伤的战斗。上海沦陷，她谢绝老师和同学请她去重庆的邀约，从武汉出发，转道贵州，历尽千辛万苦，辗转跋涉一年多，在 1938 年 8 月到达延安参加革命。开始在陕北公学和八路军卫生学校学习，毕业分配在拐峁医院（后来的八路军总医院、白求恩国际和平医院），和著名国际友人马海德、米勒一起工作，很快掌握了先进的医疗技术，成长为有名的妇产科专家，多次被评为陕甘宁边区劳动模范。她多次在手术台上撸起袖子为伤病员输血，挽救了无数干部战士的生命。为此，她被称为“军内一把刀”“士兵的好大姐”“孩子们的再生妈妈”。在延安，徐诚和老赤卫队员马从炘结为夫妇。徐诚在延安工作了 8 年，之后她在三五九旅和西北医专担任主治军医，又随刘伯承、贺龙进军大西南，任妇产科医院院长、西南军区卫生部妇婴科科长。新中国成立后，她先后担任军委高级后勤学校卫生科科长，总后勤部门诊部主任。1955 年组建济南军区，即将担任 301 医院副院长的她，不计名利级别，放弃提拔重用和在北京工作的机会，随丈夫马从炘调来济南。马从炘任济南军区政治部军事法院副院长，徐诚担任军区总医院医务处副主任。

马从炘，江西于都县宽田乡上堡村人。1929 年参加赤卫队，第二年就参加了红军。1931 年 4 月加入中国共产党。历任班长、排长、连长、保卫科长、医院政治委员、医科大学副政治委员、西南军区运输部政治部主任、北京政治学院干部部副部长等职，1955 年 7 月被授予三级八一勋章、二级独立自由勋章、二级解放勋章。1988 年 7 月被授予二级红星功勋荣誉章。2003 年 8 月 31 日在济南逝世，享年 94 岁。

徐诚是个工作狂，忙起来经常顾不上吃饭，更没时间照顾家庭，非常需要一个勤务员。组织上把孔繁森调到她身边之后，为她提供了很多的生活和家庭服务。她很喜欢这个朴实淳厚、爱动脑子、心细手勤、眼里又有活的农村小伙子。

除了这两位老前辈，还有一位叫张耀汉的老军人也在 1964 年夏天，走进了孔繁森的生活。张耀汉，原济南军区青岛第一疗养院院长。1897年7月出生于山东省东明县雷庄（今属菏泽市牡丹区金堤镇）。9岁上私塾，12岁失学，17岁时到山西给地主扛活。后参加国民党部队，到黄埔军校（第三期）学习。1932年参加“一·二八”淞沪抗战。1935年回家乡后，加入中国共产党，参加抗战。曾担任冀鲁豫边区第七专署专员、晋冀鲁豫军区一纵队梯队司令员，新中国成立后，先后担任菏泽、莱阳、潍坊军分区司令员，原济南军区莱芜钢铁厂厂长、青岛一二一疗养院（即今济南军区青岛第一疗养院）院长。他于1955年被授予大校军衔，获得二级独立自由勋章、二级解放勋章。1964年离职休养。1996年5月12日，在青岛逝世，享年100岁。

老首长张耀汉因为战争年代落下的颈腰损伤，疼痛难忍，坐不能安稳，躺不能挨床，大小便都不能自理，住进原济南军区总医院疗养。看到老人的情况，孔繁森主动向领导提出去做临时护理。他忙里忙外，打水送饭，捶背按摩。

孔繁森发现张耀汉连日来食欲不振，吃东西没有胃口，打来的饭菜，吃几口就放下了。他就到伙房里，要了两棵大葱，一碟甜面酱，兴冲冲地对张耀汉说：“大葱蘸酱，越吃越壮，咱山东人喜欢这口儿，既开胃又杀菌，一举两得！”张耀汉问：“小孔，给人家钱了吗？”孔繁森说：“我给司务长要的，你一个老革命，不就吃两棵葱吗？”张耀汉严肃地说：“小孔同志，咱们要遵守三大纪律八项注意，越是老革命，越要严格要求自己。”孔繁森解释说：“这么点小事，何必这么认真！”张耀汉引用了毛泽东的一句名言：世界上怕就怕“认真”二字，共产党就最讲认真。看到孔繁森不好意思地低下头，张耀汉也缓和了口气，说：“什么时候都不能忘了纪律，没了规矩，都随便拿公家的东西，那还不乱了套。我们人民军队为什么能得到人民拥护，为什么能够从失败走向胜利，不就是有着严明的纪律嘛！”孔繁森说：“老首长，我知道怎么做了。”他拿着张耀汉的菜票，到伙房照价交给司务长。这件事，孔繁森记了一辈子，30年后，当了阿里地委书记的他，还在地委机关党风廉政建设会上讲了这个故事。

除此之外，三位老革命还指导他学习党的理论和社会科学知识，让这个生在穷乡僻壤的农村孩子，为人处世的思想境界和眼光视野不断得到提升与拓展。徐诚看到孔繁森爱学习、肯钻研、有爱心，对医护技术有兴趣，就带着他坐诊、查房，手把手地传授给他听诊、注射等医学护理的基本知识，孔繁森很快就掌握了一些常见病的治疗方法。这为他赴藏以后，在工作之余，为藏族同胞送医送药做了必要的专业知识储备。

徐诚主任不仅在工作上严谨勤奋，而且在生活中热心助人。她关心别人胜过自己，每到节假日，她都是把同事赶回家中，自己代班替班，和她在一起的女同志出差或家里有事，都把孩子送到她的家里。她平时省吃俭用，对同志却慷慨大方。

“文化大革命”期间，徐诚抚养了几位父母被批斗关押，没人照料的孩子。当她得知孔繁森把自己的新棉被送给一位家庭困难的退伍士兵后，马上给孔繁森送去一床新棉被。这床棉被，孔繁森一直盖在身上。退伍30年，孔繁森始终保持着和三位老首长的友谊，一有机会就带着土特产去看望他们。每次来到老领导家中，他都像当年一样，一进家门就干活——烧水、做饭、打扫卫生、倒垃圾，当了厅级干部也依然如此。徐诚的儿子马北返回忆：孔繁森来济南，陪着全家逛大明湖，前前后后地忙活，照料着徐诚。孔繁森和老首长的关系也发展为两个家庭的友谊。孔繁森的妻子王庆芝要生孩子了，徐诚就提前寄来婴儿的小衣服、小被褥。孩子们该上学了，徐诚就寄来书包文具，孩子们从小都知道济南有一个爱他们、疼他们的老革命徐奶奶。三位老首长也多次到聊城看望孔繁森的老母亲和他的妻子孩子。1989 年，王庆芝患肝病住院，孔繁森匆匆赶回山东，找到徐诚。老首长拄着拐杖楼上楼下的张罗，为王庆芝找专家、买药品，为了不影响孔繁森工作，她把王庆芝接到自己家，一住就是半个多月，让孔繁森放心回西藏工作。她像一位尽心的婆婆，为王庆芝改善生活，调理身体，直到病情好转，才把她送回聊城。

孔繁森去世之后，本来心脏就不好的徐诚，难以接受这一严酷的现实，陷入深深的悲痛之中，身体很快就垮了下来。她为自己心脏不争气，又加上腿摔伤骨折，没能参加孔繁森的追悼会遗憾不已。她觉得向社会宣传孔繁森这样的好干部，是她的责任。于是就不顾家人的劝阻，强忍悲痛，带病接受一个又一个采访。这位 85 岁的老人在一次接受采访之后，仍不能平复激动的心情，躺在沙发上对家人说：“头疼，我休息一下。”然后头一歪，轻轻地走了。

做一个像雷锋那样的战士

1963 年 3 月 5 日，《人民日报》发表了毛泽东主席的题词：“向雷锋同志学习”，从此全国开展学习雷锋的活动。中国人民解放军总政治部、团中央和全国总工会也分别发出通知，号召广泛开展学习雷锋的活动，济南军区的学雷锋活动全面展开。孔繁森找到所有能找到的关于雷锋的资料，认真研究这位全国都要学习的普通士兵，到底有多么神奇的魅力。很快，他就被这位军龄仅比他早一年、年龄比他大四岁的人民英雄深深折服。

学雷锋先从身边的小事做起。连队一般都是晚上九点熄灯，早上六点起床，晚上安排站岗时间是晚上八点到早上六点，每两个小时一班儿，一共五班岗。战士都喜欢站两头，晚八点到十点，早四点到六点。晚上十点到十二点的这个班儿，大家都怵头，九点熄灯刚睡着，就得从被窝里爬起来上岗。都是年轻贪睡的年龄，谁都不愿起床。孔繁森就主动把自己固定在午夜这个岗上。他有时还“霸岗”，从晚上十点到第二天凌晨六点都坚持自己上，也不去叫醒其他战友。问他原因，他回答：“夜深人静的时候，是人睡得最香的时候，也是容易出问题的时候，我是个老兵、是副班长，我不上，还能让新兵小兄弟上！”在军区总医院，他本来没有站岗任务，但遇到战友有病或者有事，孔繁森经常主动为这些战友替岗。

战友李照陆的父亲病故以后，母亲又远走他乡，剩下一个十几岁的弟弟无人照顾，连吃饭都成了问题，李照陆天天牵挂。孔繁森知道后，把自己仅有的9斤粮票拿出7斤来，送给了李照陆，其他战友知道后，都纷纷拿出钱和粮票，凑在一起，让他寄到家里，解决燃眉之急。

有一年冬天，孔繁森送表妹李春梅回家，在济南长途汽车站遇到一个蓬头垢面的妇女，领着四个孩子在入站口向旅客讨钱。孔繁森主动上前打听，才知道这位妇女是河南范县的，亲朋好友凑了几十元钱做路费，帮她到东北投奔娘家的哥嫂。不料在车站被人掏走了包钱的手绢。不仅没钱买车票，带的干粮也吃光了。半个月过去了，没钱坐车住店，有家也难回，只得带着孩子在车站乞讨。看到那个妇女向孔繁森不断哭诉，李春梅就把他拉在一边，悄悄提醒：“城里好多骗子，专骗你们这些傻大兵。”孔繁森说：“哪个当娘的会这样狠心，这么冷的天，带着这样小的孩子来骗人。”把表妹送上车后，他马上到售票口为那位妇女买了回范县的车票，然后，把身上所有的钱，大概有3元多，连硬币都掏给人家了，最后还不好意思地说：“大嫂，我就这些钱了，你先回家再想办法吧！”那位妇女带着孩子跪在地上给孔繁森磕头，问他叫什么，在哪里当兵。孔繁森什么也不说，转身就走。那位妇女抓住孔繁森的袖子，说："解放军同志，我都不知道感谢谁。"孔繁森挣脱了她的牵拽，边走边说："你就感谢解放军吧。"

看到班长臧秀启总是愁眉不展、闷闷不乐。经过询问才知道他江苏老家的两个老人都得了病，父亲心脏病，母亲肺结核，没钱买药，让他寄点钱给父母治病，但他手里没钱，又不愿跟战友张口，只是躺在床铺上长吁短叹。一个多月后，家里来了信，说寄回的 20 元钱收到了，父母吃了买的药，身体好多了。臧秀启非常奇怪，不知谁以他的名义寄的钱。后来，家里又来信说，又寄回的 20 元钱也收到了，两位老人的病都治好了，余下的钱还买了粮食。臧秀启问遍了全班，大家都一口否认。臧秀启只好给家里要了汇款单的附言条，才发现字迹是孔繁森的。问孔繁森，孔繁森仍然摇头。臧秀启拿出汇款附言条，问："这难道不是你的字吗？"孔繁森这才承认。

其实，只有 8 元津贴的孔繁森先后寄出的 40 元钱，有 20 元钱也是借的。"在现在，40 元钱不算什么，可在 20 世纪 60 年代的困难时期，可救了大急了。"50 年后，臧秀启在接受采访时，还感动得流下热泪。复员后，孔繁森一直和老班长保持密切联系，通过书信得知臧的女儿得了肝炎，了解到大枣有补肝的功效，专门买来当地有名的茌平圆铃大枣，从聊城邮寄到江苏新沂，一寄就是三年。

他经常用雷锋勤俭节约的事迹来激励自己，在生活上最大限度地追求艰苦朴素。按规定，部队每年换发一次夏装，两年换发一次冬装。孔繁森先后四次放弃领取新军装的机会，他对连长说："我身上的衣服，比小时候穿的强百倍，现在国家处在困难时期，我少领套军装，就等于为部队省钱，支援国家建设了。"

请战友们看我的行动，我一定要用训练成绩来说话！

1964年8月，孔繁森所在的三班奉命从济南军区总医院调入济南军区警卫营，他本人担任新组建的四连一排三班的副班长。由于他们长期在医院做勤务工作，平时的军事管理、技能训练和严格意义上的野战部队相比有不小差距。在军事素质方面，他们的训练成绩不令人满意。投弹、射击这些最基本的军事要领，他们班却有很多的同志需要强化训练，提高这方面的技能。

别看孔繁森个子不算矮，但体质较弱、军事动作较差。别人投弹50米，他只能投30多米，射击比赛也远远落在别人后边。他所在的四连，曾有着光荣的历史，这是个在抗美援朝战场上建立过奇功的英雄连队。作为这个光荣连队的一员，他很内疚，心里特别不是滋味。“我自己落后受处罚都没关系，关键是影响了英雄连队的荣誉。不能因为一个人拖了全排、全连后腿，请战友们看我的行动，我一定要用训练成绩来说话！”孔繁森在班会上这样表达自己的决心。

清晨，不等吹起床号，他就一个人悄悄起床，提起一兜教练用的手榴弹，跑到连部南边的一段废旧河堤上苦练投弹。这是他观察好长时间才找到的训练场，地处僻静，空旷的场地最适合投掷。当时，正是冬天，刺骨的北风吹透了他的棉衣，他全然不顾，直到练得胳膊发麻，疼得抬不起来。一天、两天，超强度的训练，让他的肩膀、手臂都肿起来，以致吃饭端碗，都疼得受不了。知情的战友劝他，不要这么拼。他说：“打起仗来，我扔得近，炸不着敌人；敌人扔得远，正好炸死我。我决不能让敌人占我的便宜。”他到医务处要点跌打损伤止疼膏，贴在疼痛的地方，第二天照练不误。一连练了一个多月时间，他的投弹成绩直线上升，从不及格到达标、再到优秀，受到了指导员的表扬。

投弹问题解决后，紧接着就是射击。跟他射击水平差不多的战友对他说：“我们是机关兵，对军事素质要求不严，差不多就行。”孔繁森反问道：“机关兵不是兵？不会打枪的兵，还算个合格的兵？”他有空就练，有机会就向老兵学习。每天苦练卧姿、跪姿、立姿，把砖头拴挂在枪上练瞄准和臂力，先拴半块，再挂一块，最后挂到三块。晚上利用值勤的时间练瞄准，瞄天上的星星、远处的灯火，直练得眼睛发花、流泪。苦心人天不负，他的汗水没有白流，最终在全连射击比赛中，获得特等射手称号。随着部队生活条件的相对改善，孔繁森的体格也渐渐强壮起来。当听说，他所在连队没有一位战友因为军事训练成绩落后而掉队，全连被评为四好连队时，他欣慰地笑了（2014 年 6 月，刘耀君口述）。

由于表现突出，第二年，孔繁森加入了中国共产主义青年团。

从入伍第一年起，孔繁森连续6年被评为“五好战士”（政治思想好、军事训练好、团结互助好、遵守纪律好、身体好）。当那些被评为“五好战士”的战友，在领到立功喜报后，第一时间寄到家中，让父母和家人们分享自己受表彰的快乐，孔繁森却把立功喜报和每次获得的奖状整整齐齐地折叠好，悄悄压在自己的褥子底下。他不满足这个小小的成就，就给自己制定了更高的工作标准和奋斗目标。

赴北京参加国庆观礼

1964 年 9 月底，孔繁森作为济南军区学习毛主席著作积极分子的代表和军区的英模代表乘火车去北京，参加国庆观礼。带队干部兴奋地告诉他，他们是周恩来总理亲自邀请的客人。第一次进北京的孔繁森，很兴奋。他一会儿帮乘务员送开水，一会儿在车厢里搞卫生。想到马上要到天安门，见到日思夜想的毛主席，他抑制不住激动的心情，希望列车开快点，再快一点。

到北京后，孔繁森就收到了带着“庆祝中华人民共和国成立十五周年筹备委员会”红头的通知，通知全文是：

为庆祝中华人民共和国成立十五周年，定于十月一日上午十时在天安门举行群众游行庆祝大会，届时敬请光临！

附送：观礼证一张；观礼人员注意事项一份。

庆祝中华人民共和国成立十五周年筹备委员会

一九六四年九月二十八日

随通知发放的是一条绿色的竖缎条，上面烫金印着“国徽和1949—1964国庆”的字样，然后是×台××××号。带队干部告诉孔繁森这就是观礼证，上面写着东观礼台、西观礼台的四位号码，那就是你的位置，可不能站错，要把这个绿条佩戴在左胸前，提前一个小时进场。

1964年10月1日早晨，参加观礼的代表们早早来到天安门前的观礼台上。登台一望，只见广场上排着整齐的队伍，人山人海，红旗迎风招展。各式各样的模型、标语、牌坊有如花团锦簇，甚为壮观，显示出伟大祖国一派繁荣昌盛、蒸蒸日上的景象。当毛泽东、刘少奇等党和国家领导人登上天安门时，乐队高奏《东方红》乐曲，全场一片欢呼声。[1]

遗憾的是，我们至今也没有看到，有关孔繁森在这一年国庆节上午十点，见到毛主席以及其他党和国家领导人的记录。只是几十年后，在小女儿孔玲上大学的第一年，他在给玲玲的信中提道：

我1961年当兵，可以说对生活什么也不懂，第二年入团，

1　因为目前还没有资料记述孔繁森参加国庆观礼的具体情景。按照孔繁森喜欢记日记的习惯和外向的性格，他对见到毛主席这样一个重要事件，不会不在笔记上有所记录和多种场合进行透露的。

1964 年到北京是应周总理的邀请参加国庆观礼活动，就在这一年，我成为预备党员，也填补了咱们家祖辈没有人参加共产党的空白。

他在给玲玲的信中记述的入党时间是不准确的，他成为预备党员的时间不是 1964 年，而是 1966 年。查阅孔繁森档案就可以得知孔繁森入党时间。1966 年 9 月，孔繁森在济南军区司令部管理局，由班长刘俊厚和济南军区司令部生产队支部书记、助理员赵国新两人介绍加入党组织，刘崇仁代表支部给他正式谈话，1966 年 9 月 3 日支部大会通过。济南军区司令部管理局委员会 1966 年 10 月 14 日批准：预备期一年，自 1966 年 9 月 3 日起至 1967 年 9 月 3 日止。1967 年 10 月 2 日，党委书记宋继宗签字盖章，同意孔繁森党龄从 1967 年 9 月 3 日计起。他在入党志愿书上写道：

为了人民、为了党，上刀山入火海，自己也再（在）所不辞心甘情愿！

保证要向王杰同志那样，正确对待、接受党的教育改造。当好革命事业接班人，自己坚决为共产主义事业而奋斗到底！

在此之前，济南军区开展了学习英雄王杰的活动。王杰是山东省金乡人，比孔繁森大两岁，同年同月一同到济南军区当兵，同一年入团，同为副班长。不过王杰属于装甲兵某部工兵一连，驻守徐州。1965 年 7 月 14 日，在江苏邳州张楼公社帮助民兵训练时，炸药发生意外爆炸，为掩护在场的 12 名民兵和人武干部的生命安全，王杰奋不顾身扑到炸药包上，壮烈牺牲。

29 年后，孔繁森像战友王杰那样，用生命和鲜血践行了自己的诺言。2021 年，在中共建党百年的特殊纪念节点，焦裕禄、王杰、孔繁森三位山东人民的伟大儿子，他们的精神被纳入第一批中国共产党精神谱系。

纪律就是纪律

1967年，孔繁森所在部队被派到一个停产的工厂“支左”。这天，战友小黄见到孔繁森，说：“副班长，送你一件好东西要不要？”孔繁森问：“什么好东西？”小黄说：“你先说要不要吧！”孔繁森说：“你不让我看什么东西，我怎么确定要不要？”看到孔繁森纳闷的样子，小黄拿出一个特殊的“印章”，那是用橡皮筋紧紧捆着的三个铅字。小黄拿着印章往孔繁森手心上一按，出现了三个红色仿宋字：孔繁森。看到孔繁森惊讶的样子，小黄得意洋洋地说：“喜欢吗？我猜你准喜欢。”孔繁森接过来看了看问道：“这不是排版车间的铅字吗？”小黄说：“对呀，喜欢吧？”孔繁森摇了摇头说：“我不要，你送回去吧！”小黄说：“我看到好多的战友都在那儿挑，排版的铅字撒得满地都是。”孔繁森问：“工人排版怎么办，缺一个字，也不能正常印刷书报啊！”小黄说：“工厂都停产了，谁知道啥时候开工啊，再说不就几个铅字嘛！”孔繁森说："不行，你拿一个我拿一个，工人就没法排版，就会影响正常工作了。"他从小黄手里抓过印章，匆匆离开。孔繁森拿着印章找到带队干部，说了个别战友到排字车间捡铅字，挑出自己名字，做印章的事，要求领导制止这种乱拿国家财产，影响印刷工作的行为。带队领导称赞了孔繁森的做法，及时制止了这种行为。截止到"支左"任务完成，这个瘫痪停产的企业，因为孔繁森和战友们的精心看管，财产没受到一点损失，完整顺利地交接给对方。

秋天到了，孔繁森和战友们乘汽车到地处济阳的部队农场去收庄稼。连长专门交代：现在正是秋收季节，农场附近老百姓的瓜果梨枣很多，大家一定要遵守"三大纪律八项注意"，不能让老百姓对部队产生半点意见，用严明的纪律树立人民军队的形象。孔繁森把连长的话牢牢记在心里。出发前，他把卡车后车厢的撑杆，统统拆下放倒在车厢里。有人不解地问："你这是干什么？"孔繁森笑而不答。汽车走到半路，经过一片枣林，红得发紫的大枣，像一颗颗红玛瑙，一簇簇、一串串，压弯了枝头。大大的树冠，遮盖了路的半边，一伸手就能够到那甜美的枣子。远远地看见枣林，孔繁森要求大家蹲坐在车厢里，谁也不准抬头。孔繁森说："咱不能让老百姓生嫌疑，说我们的纪律不好。"他拍了拍驾驶室车顶，要求司机开快点，抓紧开过枣林。战友们这才明白，孔繁森提前让战友们把后车厢的所有撑杆放倒，就是为了避免行进的汽车因撑杆扫落掉路边树上结满的枣子。

我请求，把这个“五好”给小吴

1967 年冬天，在农场，班务会选“五好战士”，当班长说出开会的议题，孔繁森就急切地说：“我连着当了五次‘五好战士’了，咱班里好多战友干得一直比我好，也有原来有些落后，进步提高快的，大家不要选我了。”战友们把征询的目光，投向班长。班长严肃地说：“选五好是大家的民主权利，少数服从多数，不能一个人说了算，也不是想当就能当，想不当就不当，哪能那么随便？”一番话，说得孔繁森红了脸。结果，这次孔繁森还是被高票选上了，尽管他自己选的是别人。

他晚上睡不着觉，觉得自己入伍 6 年，干得工作太少了，获得的荣誉太多了。他起身披上棉衣，踏着嘎吱嘎吱的积雪，找到还在灯下写东西的支部委员李玉忠。

李玉忠问：“孔繁森，这么晚，怎么还不睡？”孔繁森说：“心里有事，睡不着！”

“今天，我们班评‘五好战士’了，评上我了。我想让你说句话，把我的名字换成吴小虎。在咱们农场，连长、指导员都不在，就你是最大的官了。你有决定权——”

孔繁森提到，吴小虎过去是个老落后，最近两年来，思想面貌变化特别大，我想把名额让给他，他快复员了，对他以后的进步，更能起到调动积极性的作用。

他反反复复地讲着理由，想说服眼前这位有着决定权的领导。

李玉忠站起身来，重重地拍了一下孔繁森的肩膀：“小孔，你这种有荣誉就让的精神值得表扬，但‘五好战士’的评选，是一件严肃认真的政治活动，也有一个民主决议的过程。既然已经通过了合法的程序，我虽然是支部委员，也不能违背大家的意愿啊。再说了，政治荣誉又不是你的个人财产，你说让给谁就让给谁！”

最后，经支部研究，还是没有同意孔繁森的请求。但大家却看到了孔繁森宽广的胸怀和谦逊的品格。这个从革命老区走出来的青年，确实没给家乡的父老乡亲丢脸。他是全班第一个“五好战士”、第一个预备党员，在即将退伍的时候，他回首自己的从军之路，想到更多的是对部队领导和战友的感恩，是自己的不足和差距，这是多么难能可贵！

改变命运的机会终于到来了。

当连队里盛传着上级要在优秀战士中提拔干部的消息时，孔繁森压抑不住内心的兴奋和憧憬。提干，这是多少战士梦寐以求的理想啊。全连有谁能比孔繁森更有资格和条件啊。大军区的模范个人，年年“五好战士”，就是提一个也得是他呀。

这天晚上，连队文书找到他，递给他一张他填过的登记表，郑重其事地对他说："你可要认真看、仔细填写，这可决定着你的前途和命运啊！"文书指着主要社会关系一栏。孔繁森顺着指点的地方，看到外祖父那一栏，写着：地主成分，新中国成立前已故，家中无人。"这样填恐怕不行。"文书说。孔繁森用手挠着头皮说道："我的档案一直这样填，再说，我自打出生，就没见过姥爷姥娘，他们对我没有什么影响，地主不可能变成中农，我必须实事求是，总不能欺骗组织吧。"文书说："谁说让你欺骗组织呢？这是领导好心，跟你再落实一下，这个地方你要不要重填，要重填，领导让我再给你送张表。"孔繁森沉思了许久，抬起头来对文书说："谢谢领导们了，还是这样报吧！"

等待的过程是漫长的。连长说："去找找徐主任、马院长吧，凭着他们的威信和对你的了解，到军区给管事的首长打个招呼，就没事了！"指导员走后，孔繁森在操场上想了一夜。最后决定，自己的事自己担当，绝不给老首长添麻烦，让他们去说情打招呼，会让这些革命了一辈子且原则性强、真诚正直的老人们为难。他下定决心，听天由命，服从组织安排。事情果真像担心的那样，那是 1967 年，席卷全国的"文化大革命"最高潮的时候，正直、淳朴、积极向上的孔繁森，不幸成了当时"左"倾路线的牺牲品。但是，历史没有如果。就这样，这位当兵 7 年、非常出色的模范士兵遗憾地止步于成为军官的门槛之外，他依依不舍地离开了他热爱的部队、首长和战友。

爱穿军装的退伍兵

第三章

爱穿军装的退伍兵

重返母校，从头再来

我还是要找个农村姑娘

重返母校，从头再来

1968 年 3 月，根据当时“从哪里来回哪里去”的退伍政策，孔繁森复员回到聊城技工学校，分配到技校机床厂当了一名电工，接续学籍，完成当兵前没有完成的学业。他每天穿着摘掉领章帽徽的军装，腰板笔直、脚步快捷，保持着服从命令、雷厉风行的军人风范。在工作、学习和生活中，他继续保持着对组织的忠诚，对人民的热爱，对岗位的坚守，继续保持着那股冲劲儿、猛劲儿、认真劲儿。

1968 年 7 月 5 日一大早，学校广播室的大喇叭响了：“今天上午铸工车间开大炉，大家踊跃前来参加义务劳动。”正在休班的孔繁森听到这个消息，二话没说，就急匆匆赶到劳动现场。

“小孔，你不是感冒得挺厉害吗？不好好休息，跑来干什么！”车间主任张华洲惊异地说。

孔繁森说：“不是开大炉吗，我来帮一下忙。”

张华洲说："人已经够了，你快回去休息吧！"

孔繁森说："我既然来了，哪能再回去？人多力量大，多一个人就多一份力量。"

这时，校领导、老师们、工人们陆续赶到。张华洲简单地给大家分了工，大伙儿就投入紧张的劳动中。有的抬包、有的浇筑、有的清扫现场。这几天的聊城，正值暑期，室外，火球一样的太阳烧烤着大地。车间里，比室外更热，温度表显示为40摄氏度。

孔繁森咬着牙和另外一名师傅搭伙抬铁水包。为缩短铁水在炉外的时间，确保浇注质量，两个人抬着60多斤重的铁水包，不敢停顿，需要一溜小跑。别人劝他休息，换班喘口气，他摆摆手拒绝。铁水映红了他的面庞，豆大的汗珠从脸上砸到地上，溅出的铁水烧着了鞋子，灼疼了脚面，他全然不顾，咬着牙一声不吭。突击任务完成之后，张华洲看到孔繁森的脸色变得蜡黄，马上端了一茶缸凉开水，关心地对他说："先喝点水，你的脸不是正色，赶快回宿舍去休息。"正当孔繁森站起身来接水的时候，他眼前一黑，身子晃了一下，晕倒在车间门口。大家七手八脚地把他抬到医务室，过了好长时间，他才醒了过来。因为他这几天重感冒体质不好，再加上义务劳动透支了体力，才造成这次突然昏厥。

他醒来后，看到身边围了一大圈人，老校长紧握着他的手，长出了一口气："小孔，你可把大伙吓坏了！"孔繁森说："都怪我，本想去帮忙，结果却添了乱。"望着大家关切的神情，他感动地说："大家快忙去吧，车间的生产要紧。"

这年秋天，孔繁森主动报名，带领120名新生到茌平县广平公社大曲村，帮助干部群众一起搞秋收。和大家一起挥镰削玉米、割豆子、种小麦，孔繁森自幼就有多汗症，中医讲是内虚造成的，稍微一活动就心跳加快，大汗淋淋。同学们劝他休息一会儿，他担心自己休息影响大家干活，一直坚持到劳动结束。孔繁森回到技校之后，在政治上、生活上、工作上处处严格要求自己，关心帮助别人。谁家里有困难，谁和谁发生点小矛盾，只要他知道，都会挂在心上，千方百计帮助解决。有时，人家随口一说，事后都忘了，他却记在心上。孔繁森的同事对他的评价是：好心人是有求必帮，孔繁森是无求也帮。

一个冬天的夜晚，天空飘着鹅毛大雪。孔繁森敲开隔壁广播室的房门，对广播员梁其峰说："我听说杜保森（学校教务处教师）的父亲身体不好，保森又出差了，我们去看看老人吧！"两个人找来一辆三轮车，直奔五里地之外的杜家。到家一看，老人果然病得很厉害，他们抓紧时间把老人抱到车上，盖上棉被，冒着大雪送到医院。孔繁森跑前跑后挂急诊、找病床、叫大夫、买药品，等安顿好这一切，都晚上 10 点多钟了，一直等到老人病情稳定了，他才离开医院，到学校已经深夜 12 点多钟了。

我还是要找个农村姑娘

20 岁出头的孔繁森，在整个技校的年轻人里，绝对是出类拔萃的。按照现在的标准，是又高又帅，三观端正，勤快热情，阳光向上。尽管那个时代，男女交往相当谨慎含蓄，但男大当婚的年龄，照样很自然地引来众多未婚女青年悄悄做出友爱的表示。很多长辈级的领导和老师也悄悄地托人帮着牵线。

早年在部队，这些情窦初开的小伙子们，在熄灯号吹响后，毫不避讳地对自己未来的婚姻和配偶进行过无数次热烈的讨论和冷静的想象。孔繁森形象地比喻自己和农村家庭的关系：别看俺进城了，但就像一个带着瓜秧的瓜，瓜后边还连着很多的瓜和长长的秧子。我不能光顾自己这个单个的瓜，还得顾后边的瓜和秧子啊，这些瓜和秧子，特别是根，可都在农村哩！

一个他没见过面的家乡姑娘，走进他对未来婚姻的憧憬里。这位姑娘叫王庆芝，比他小一岁，距五里墩二里多地，城北三里庄王玉美的女儿。王玉美50岁那年，因为一场感冒吃了庸医开的中药去世，仅仅上了一年学的王庆芝辍学回家，帮着母亲照料家庭，到田里干活。几年工夫，不仅出落得要个头有个头，要模样有模样，待人接物得体大方，而且家里地里都是一把好手，在村里担任妇女队长，村里谁家娶媳妇、嫁闺女都请她接送新亲。孔庆会在几次婚嫁场合，见到这个闺女，一看就相中了，王庆芝完全符合他心中好儿媳妇的标准：个子高、力气大、性子绵、干活好。孔繁森当兵后，孔庆会就托村东孔繁英通过亲戚从中撮合。开始王家并不十分同意，原因是五里墩盐碱地，土质条件差。孔繁森当兵前，王庆芝在公社开会时见过孔繁森，印象不错，除了家里人多，穷一点，气质形象没有什么可挑剔的。看过《天仙配》《刘巧儿》的王庆芝认为，找婆家不就是找个好小伙嘛，人好才是最重要的。王庆芝对这桩婚姻点头同意之后，两家约定：等孔繁森从部队回来探亲，就把这门亲事定下。

1968年7月1日，孔繁森和王庆芝在技校结婚了。新房是孔繁森和另一个同事闫庆吉共有的宿舍，为成全孔繁森，闫庆吉提前5天就早早地搬到别的地方。屋里除了一个写着“要节约　闹革命”的红漆小木箱，没有添置一件新家具。学校礼堂兼大餐厅里，没点鞭炮、没摆宴席，校领导主持婚礼庆典，两个人向毛主席像鞠了三个躬，在同事们的见证下完成了这个革命化的婚礼。两个人在伙房打了两份饭菜，就回宿舍开始了婚姻生活。

三天后，孔繁森和王庆芝回到五里墩老家，王庆芝就开始伺候老人、下地干活、喂猪养羊。那三间土坯小西屋就成了他们的婚房，两个人在这个狭小的空间里养儿育女，直到孔繁森第一次援藏回来，一直居住了 12 年。

由于孔繁森在技校表现突出，渐渐引起上级领导的关注，主管部门看他有水平、有能力，开始抽调他参与完成一些应急性、临时性的任务。1970 年 1 月，聊城地区革命委员会从地直单位抽调出身成分好、工作表现优秀、有一定组织协调能力的党员干部职工，组成工作组，进驻地直某些单位帮助工作，“抓革命，促生产”、建班子，这些班子因长期闹矛盾，陷于瘫痪，失去正常的运转能力。孔繁森被派驻地区粮食局，这里派性严重，内部矛盾激烈。他到粮局后深入调查研究，帮助很快搭建起班子，恢复了正常的工作秩序。

1971 年，聊城地区革命委员会生产指挥部政治工作办公室（简称政办）需要增加人手，因为对孔繁森工作态度和能力水平比较了解，宣传组长陈孝忠点名抽调孔繁森到宣传组，负责地直机关、工厂、学校的业余文艺宣传。孔繁森跑遍了城区大小单位，把宣传文化活动搞得红红火火、有声有色。他领导的业余文艺宣传队最多时有 400 多人，涉及 40 多个单位，排练演出的节目，可以演十多个场次不重样。孔繁森干一行、爱一行、钻一行；他喜欢吹拉弹唱，热爱文艺，也是从那时候开始培养形成的。

1972 年，聊城要在临时抽调的职工中选取优秀人员转为国家干部，曾经在部队失去提干机会的孔繁森，这次却没有表示出兴奋和激动。他纠结着，专门找到陈孝忠商量：“孝忠哥，我不愿转干，想永远做工人阶级的光荣一员。”陈孝忠反问：“这是为什么？别人挤破头都抢不上的机会。”孔繁森说：“毛主席说工人阶级是领导阶级，我要是当了干部，就不是领导阶级了吧！”陈孝忠笑了，说：“老三，党章开头是怎么说的，中国共产党是工人阶级的先锋队，只要你是党员，就永远代表工人阶级。”听了陈孝忠的解释，孔繁森点点头说：“那我抓紧填表吧！”转干后，他成了正式干部。

一年后，中共聊城地委批准他拟任共青团聊城地委常委。1973 年 6 月 10 日，他团内职务是共青团聊城地委筹备小组成员。1974 年，上级要求招收大学生，按文件规定可推荐表现好的知识分子子女上学，并不分管招生工作的孔繁森主动推荐了两名知识分子子女，并仗义执言帮助这两名同志跨入大学校门。据不完全统计，孔繁森在职期间，先后经手输送到高校的近 20 人，这些人后来有的成为厅局级干部、有的成为中国工程院院士、有的成为留学博士、有的成为专家教授。

第四章

年轻有为的副部长

这个副部长，我还是不想当

相比在机关工作，我更愿意到农村去！

为了让赵寨子群众过上好日子

这是我记事以来，最好的工作组

到祖国的边疆去干一番事业，也不愧枉来一生

人家繁森可是没变样

这个副部长，我还是不想当

转干后，孔繁森更加努力工作，这个热情能干的退伍军人，引起了万百川和几位地委领导同志的关注。经过仔细观察和有意识的考验，发现这个年轻人很有发展潜力，暗暗把他作为干部苗子来培养。

万百川，时任聊城军分区的副司令员，曾经是抗战时期的游击大队长。1968 年 7 月至 1969 年 8 月，部队“支左”，被结合为聊城地区革命委员会常委、生产指挥部主任，成了孔繁森所在的生产指挥部办公室的直接领导。他具有典型的军人作风，嫉恶如仇，原则性强，做事果断，工作标准要求很高。由于他用部队的纪律来要求地方干部，时常发火训人，很多部下都怵他。但他认识孔繁森后，几次公开说：“小孔这个孩子，离开部队可惜了。”

这天，孔繁森专门乘车到济南，找到被抽调在省委帮助工作的陈孝忠。一见面，陈孝忠就看到孔繁森满脸愁容的样子，马上就意识到这位性格开朗的小兄弟，一定是遇到什么难事了。没等两个人回宿舍，孔繁森就在机关院子里的大树下，说明了来意。

孔繁森说：“地委想提拔我担任宣传部副部长，组织部都考察完了。”还说自己水平不足、难以胜任，求陈孝忠专门回趟聊城，帮着找地委领导做工作推掉将要任命的职务。“见过找领导要官的，没见过求人辞官的！”陈孝忠又好气又好笑，但看到孔繁森态度诚恳坚决、着急为难的样子，只好答应为他做做工作。陈孝忠回到聊城，先后找到地委书记牟玉田、地委副书记段俊卿等领导，并提出建议：根据孔繁森本人经历、基本条件和个人要求，能不能让他做个团地委副书记，或者行政事务管理局副局长？干宣传部副部长，确实有些经验不足。领导答复是：选拔青年干部，培养新生力量，上级有要求，是党的事业发展的需要。这个人选，是万司令员经过长期观察郑重推荐的，已经通过组织考察和地委常委会通过，不能随便变动了。你既然帮着孔繁森做工作，那就做到底，转告他要提高敢挑重担的勇气，在实战中提高能力水平，不要辜负党组织的信任。如果继续拒绝组织分配的工作，就把他退回技校去。万百川司令员的话更有力度：“难道当副部长比堵枪眼难、比拼刺刀还难？告诉小孔，是骡子是马拉出来遛遛，不仅要干，还要干好。”

1975 年 3 月 31 日，中共聊城地委在第一招待所东楼第八会议室召开干部任命大会，31 岁的孔繁森被任命为地委宣传部副部长，成为全地区最年轻的县级干部之一。

孔繁森上任后，继续保持早上班，晚下班的好习惯。当同事们陆续上班时，他已经把宣传部的走廊擦得干干净净，办公室水瓶的热水提满，同事们对此都不好意思。孔繁森说：“我能干的事，我负责干好；

你们能干我干不了的事，你们干好就行了！”同事家里有什么困难，他都跑去帮忙，让大家腾出精力，没有后顾之忧地去干工作。孔繁森深知作为一名宣传部副部长，自己在政治素质和业务能力上的短板弱项，只有加班加点恶补理论知识，才能缩短和克服与部里那些秀才们的差距。他改变了喜欢串门聊天的习惯，集中精力关起门来学习。对一向比较薄弱的公文写作，他更是虚心地向部长、科长，甚至写作水平特别棒的同志学习，很快就能够独立地撰写讲话稿。

当时，有不少工农出身的干部，念错字，讲错话，会成为一时流传很久的笑谈。孔繁森凡在公开场合讲话，都注意提前做好功课，把稿子事先熟悉几遍，把里边的数字、生字都弄清楚、读准确，并尽量争取脱稿。遇到即兴讲话的场合，他总是说“请 ×× 科长先讲，他比我更熟悉情况。”他在一旁认真倾听，偷偷“学艺”。会后再仔细琢磨：“若让我讲，应该讲几部分，先后顺序是什么，应该运用哪几个例子。”时间不长，他就悄悄掌握了发言的技巧。后来，无论在内地还是在西藏，大家都反映孔繁森讲话感情真挚、言之有物、客观生动。

相比在机关工作，我更愿意到农村去！

孔繁森始终保持着农民之子的本色，和农村、农民、农业的浓厚情感始终没有变。在宣传部期间，他几乎包揽了地委、行署每次分配到部里的下乡包村任务。这位农民的儿子，更喜欢田野里深翻土地的味道，熟稔各种庄稼蓬勃生长的气息，爱听牛羊和鸟儿的鸣叫，特别是和那些憨厚质朴的父老乡亲在一起，听他们敞开胸怀、毫无顾忌地诉说快乐和心事，他有一种回家的感觉。1974 年 4 月，孔繁森带队到茌平县杨官屯公社李显明村包村支援“三夏”（夏收、夏种、夏管）生产，和社员群众同吃同住同劳动，深入田间地头，每次到地里割麦子，他都是割头镰，不仅远远超出后边的一大截，还经常割到地头，再回来接应年龄大、割得慢的老年人。群众敬佩地说：“怪不得孔部长能当这么大的大干部，人家是放到哪里，哪里行。他这样的汉子，在农村也是个种地的好把式。”40 多年过去了，村里的人都还记得孔部长。时任村团支部书记李福芹回忆：孔部长到她家中走访时，他看到李的母亲正在前院那棵百年老槐树下剁菜喂猪，便抢过菜刀帮着她一边剁菜，一边聊天，了解她家的家庭收入情况。现在孔繁森同志纪念馆收藏的孔繁森当年割麦子用过的镰刀、夜里看麦场点过的四角玻璃风灯和剁猪菜的菜刀，就是孔繁森和群众苦在一起、干在一起的有力见证。

有天下午，孔繁森完成工作任务准备回驻地休息，突然看到天空从西北方向飘来大片阴云，一场阵雨就要来临，他马上想到第一生产队晒场的麦子正在打轧，马上调转车子，说："赶快通知大小队干部、社员带着炕席到场里盖麦子。"他们抓紧时间回到打麦场，挑麦秸、收麦粒、盖麦垛，刚忙完，一场大雨瓢泼而至，虽然无处可躲的孔繁森和在场的人们，都淋成了落汤鸡，但保住了交给国家的爱国粮、老百姓的"救命粮"，他们打心眼里高兴。

为了让赵寨子群众过上好日子

1975 年 11 月，山东省组成农业学大寨工作团，全省共有 12 万名干部奔赴农业第一线。孔繁森担任高唐分团赵寨子工作队的大队长，带领地直机关干部 30 多人分赴赵寨子公社所辖的王辛庄、解庄等五个村庄蹲点。

作为大队长，他本该在公社机关食宿，但他常住在王辛庄和老百姓在一起。他从不在白天开会安排工作，就怕耽误生产队的农活。每到一个村里，都是询问群众到哪里干活去了，干的啥活儿，说："给我找个家什儿（工具、农具），咱一块去。"为了治理土地盐碱的问题，他和社员一起挖台田沟，搞深翻土地；为提高土壤肥力，他跳到池塘里挖塘泥肥田；冬季深翻土地，天寒地冻，田地冻得像石头一样硬，一镐下去，只是划一道白印，点上柴火烤化再干，孔繁森不畏严寒和艰难，带领大家一直干到大年三十，在全公社第一个完成了任务。

他还和群众一起拉犁拉耙。有一回，他纳闷地问大伙：“我怎么拉哪个犁哪个沉，是不是你们饿得没有劲了。”社员说：“是你干活忒实在了，别人用的劲小，你使的劲大。”当时的工作队员玄先昌清楚地记得这样一个细节：孔繁森骑的自行车上每天都带着一把铁锨，方便随时和社员一块干活。他们下乡时一块发的新铁锨，包队结束时，孔繁森的铁锨头磨得最短。单从这一点就可以看出，他干了多少活呀！

王辛庄全村有 1100 多人，是赵寨子公社的一个大村。老百姓指望着 2000 亩耕地过活，由于地势低洼，雨水大了排不出去，积涝成灾，造成土壤盐碱化，水利工程不配套，紧靠二干渠却眼巴巴地看着用不上黄河水，庄稼因为干旱而减产，甚至绝产。孔繁森进村后实地考察，提出了“要治穷、先治碱、修水利、夺丰产”的“12 字”方针，确定利用冬春农闲季节，开挖一条引水渠，疏通几道排水沟，形成旱能浇、涝能排、旱涝保收的水利系统。经过 20 天的奋战，王辛庄开沟挖渠 50 多华里，提前完成了工程量，为全村农业生产提供了良好的水利设施保障。

但是有一件事深深刺痛了孔繁森的心。他听说，村干部准备以破坏水利生产的由头，斗争两个不参加挖沟却搞投机倒把的“盲流”（特指在我国 1953 年到 1989 年 30 多年间，广大农村为谋生从户口所在地自发迁徙到城镇、无稳定职业和常住居所的农村人口，这是城乡二元结构造成的社会现象，有明显歧视色彩和历史遗痕），他马上通知中止这种做法。他了解到，这两名社员一名是没向生产队请假，到集上私自去换粮食，把家里所有的小麦全换成玉米。因为玉米是粗粮，吃玉米比小麦吃得少，一斤麦子还可以换一斤半到二斤玉米，这样可以多吃一段时间。那个时候，很多农村老百姓都采取这种细粮换粗粮的办

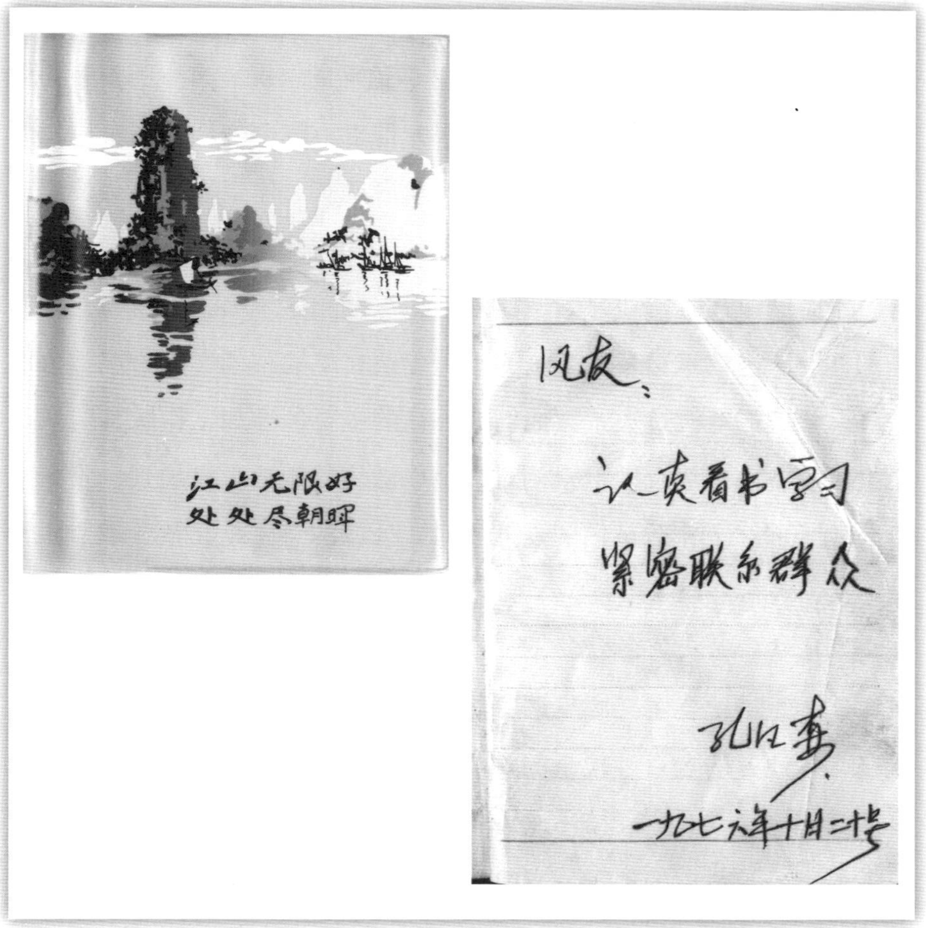

1976 年，孔繁森在高唐县赵寨子村包队时，与当地群众结下深厚情谊。他教育、帮助、培养当地青年解风友，使其不断进步。这是孔繁森送给解风友写有寄语的笔记本

法，来解决粮食不够吃的问题。孔繁森问：“把家里的麦子都卖了，有老人、孩子怎么办？过年怎么办？”社员说：“领导，哪顾上这么多，过一天说一天吧！”另一位社员是到亲戚家去借粮，说好的借一斤还一斤半，不仅没借着，还得罚工分。“像这样的情况有多少呢？”孔繁森询问大小队干部，大家大眼瞪小眼，谁也不吭声。从小在农村长大的孔繁森深知挨饿的滋味，决定入户摸底调查。他带领工作队员连夜走访了20多户村民，发现缺粮户占到一半以上。多么可爱可敬的人民呀，饿着肚子还在响应号召，搞着土地深翻和冬季大干。他马上召开干部会，向大家承诺：向上级写报告反映村里缺粮的实际情况，争取救济，帮助群众渡过灾荒。他们给公社的主要领导和工作队其他队员通报了准备向上级反映群众困难，争取救济的想法。没想到，收到来自公社干部和工作队员们的强烈反对。公社的意见是：冬春季节，青黄不接，各村群众缺粮是一个普遍的事实。谁都知道，但没人敢说破。在全国形势一片大好的背景下，还有缺粮的地方，还有吃不上饭的社员，这不是给社会主义唱反调，给大好形势抹黑吗？主动向上级反映自己管理地方的老百姓挨饿的实际情况，除非是乌纱帽不想要了。工作队的同志也劝说：“孔部长，你可想好了！我们可是临时帮助工作，揭了人家公社落后的盖子，影响人家干部政治进步不说，起码影响我们之间的关系，再说，咱把这个问题给捅了上去，能不能解决且不说，万一县委、地委怪罪下来，我们能吃得起吗？你这么年轻，前途无量，别因为这些，犯政治错误。”

孔繁森在灯下坐了一夜，最后下了决心。第二天，他召集大家开会，说了自己的决定：实事求是是马克思主义的精髓，看到群众生活有困难，不反映，不解决，哪里还算得上是一个共产党员？我今天就回聊城，找地委反映这里的实际情况。上面认可、支持，是大家的集体意见；上面不认可、要追究责任，我一个人承担。看到大家还要说什么，他摆摆手，说："我是大队长，就让我专权一回吧！"事情的结局却出人意料，地委经过认真考虑，接受了孔繁森的请求，还对全地区群众渡春荒进行了全面安排。当50万斤救济粮和5万多元救济款分发到赵寨子公社6个村群众手中时，群众含着眼泪高喊："共产党万岁！"打心眼里感谢孔繁森这样的不顾个人得失，不怕担政治风险，千方百计为老百姓着想的好官儿。

这是我记事以来，最好的工作组

为帮助这里的群众过上富裕日子，孔繁森从地区外贸公司引进长毛兔，无偿发给农户养殖，带领干部群众在干渠两旁和沟头河沿，发展林业生产，种植毛白杨、杨树十多万棵，利用废弃池塘种植芦苇 200 多亩，把村里一个 20 亩的旧坑塘，开挖出来，撒下 1 万尾鱼苗。为了让农民学到更多的农业科学技术知识，发展种植和养殖业，孔繁森帮每个村都建起农民夜校，组织大家学识字、学政策、学技术。每到晚上，他都是骑着自行车，一个夜校、一个夜校地检查，有时还亲自给大家讲上一课。他的语言朴实，生动风趣，都是老百姓爱听的话，听课的人每每被他逗得哈哈大笑。

艰苦的劳动迎来丰收的年景。这一年，王辛庄的小麦第一次亩产突破四百斤，玉米达到五百斤，都比往年增产一百多斤，在当年已经是高产奇迹了。新栽树木、芦苇郁郁葱葱，池塘里红莲盛开、群鱼遨游，群众脸上舒心的笑意取代了往年的愁容，他们知道这一切的变化，来源于工作组的竭力帮助。他们衷心感谢孔大队长这些驻村干部们。

一个初春的下午，孔繁森和几个干部说说笑笑从驻地骑着自行车到解庄开会。走到离解庄村西一里地远的地方，就听到前面传来急促的呼救声："快救人啊，有人跳井了。"孔繁森猛蹬自行车飞驰到出事地点，见到井口旁已围了不少人，有的向井里张望，有的在大声呼救。井口内，水面泛着水泡，却已经看不到投井的人。手忙脚乱的人们无计可施，嚷着赶快到村里，搬梯子、拿绳。孔繁森喊了一声："来不及了！"没等人们反应过来，他衣服没脱，就直接跳下井口。井内溅起巨大的水花，等人们再次围拢井口，只见孔繁森双脚已经撑在井壁上，把落水妇女托举出水面。人们一起手牵着手把妇女拉到井台上，当再次把孔繁森拽出井口，他已经冻得嘴唇发紫、浑身打颤。跳井的妇女得救了，孔繁森却被冰凉的井水冻得发烧好几天。原来，这位叫徐明芳的妇女，是村民赵士荣的妻子，因为家务事和婆婆吵了两句嘴，一气之下寻了短见。得知这个情况，孔繁森还不放心，没等为他烤火取暖的柴火全部燃尽，就换上一件村民的旧衣服到了赵士荣家。他先分别找婆媳二人了解情况，耐心进行劝导，最后，看到婆媳俩言归于好，他才回到刚才为他烤火的干部家，换上烤干的衣裳去开会了，一口也没吃为他准备的饭菜。如今，距离孔繁森在赵寨子包队的岁月，已经40多年了。他帮着改造的盐碱滩已经遍地塑料大棚和庄稼，修建的道路已经成为高标准乡村公路，栽种的树木早已成为老百姓住房的檩梁，为老百姓修建的扬水站至今还在发挥着作用。村民谢凤友说："这是我记事以来，遇到的最好的工作组。"

孔繁森离开赵寨子多年后，这里的老百姓仍然把他当作在城里工作的亲人。直到孔繁森去世前，韩玉德、田玉祥、殷庆泰等一些乡村干部还和他长期保持来往。孔繁森说:“群众的事，只要找上门，就得想法儿办，对咱来说，就是搭点工夫。咱眼里的小事，对老百姓来说，可能是一件影响过日子的大事儿，也许是一笔不小的收入，也许是一个过不去的坎！”

到祖国的边疆去干一番事业，也不愧枉来一生

秋天的一个晚上，孔繁森和王克玉（地委宣传部理论教育科副科长、工作队队员）到赵寨子村南散步。此时，秋高气爽，万籁俱寂，一轮明月悬在澄空，照耀得田野一片银白。两个人边走边谈，海阔天空，十分惬意。聊着聊着，孔繁森突然说："克玉，我真想到边疆去工作，就是牺牲了也在所不惜！"王克玉问："你平时工作好好的，怎么突然有了这种想法？"孔繁森说："好男儿志在四方，人活一世不容易，我们伟大祖国幅员这么辽阔，地大物博，真该趁着年轻力壮，到祖国的边疆去干一番事业，也不愧枉来一生！边疆太需要我们去了！"看到他信心满怀的样子，仿佛早就有思想准备和周密的计划。孔繁森说："我上学没走远，当兵没走远，参加工作也一直在聊城，有这个想法儿，不是一天了，就是一直没机会。"

后来，孔繁森赴藏工作，给他送行的王克玉，想起了孔繁森在赵

寨子给他说的那句话，紧紧握住他的手说：“我知道你早有此雄心壮志，现在如愿以偿了。”没等王克玉说完，孔繁森再次握住他的手，长时间不愿松开。每当想起孔繁森的时候，王克玉就马上联想到“心随朗月高，志与秋霜洁”的那句诗和那个月朗风清的乡村之夜，常常为孔繁森爱国爱民的炽热情怀而深深感慨。

人家繁森可是没变样

农村老一辈的人，都希望儿女成龙成凤，走出庄稼地，干出一番事业，改变自己和家庭、家族、村庄的命运，光宗耀祖，生辉故里，为这方土地增光添彩。同时又惧怕这种改变，担心外面精彩又无奈的世界，让这些从土地上走出来的淳朴孩子，在功名利禄的诱惑和世故的熏染下，当了官、发了财，有了地位，就失掉了本性，改变了初心，忘记甚至背叛了这片土地和父老乡亲。从古到今，这样的例子比比皆是。

经长期观察，四里八乡的人们对孔繁森一致赞赏：人家庆会家的繁森没有变样。当了兵、当了工人、当了县领导，还像过去一样。骑着自行车，见人就下车子、打招呼；后来坐上汽车，都是在村头就下车，步行回家。不管年龄大小，按辈分该称呼啥就叫啥。他不怎么抽烟，但每次兜里都装着一包烟，装上两把糖块，见了男的就散颗烟卷，见了小孩就递块水果糖。到家以后，换上爹爹的旧衣裳，就帮着母亲干家务，到地里帮着王庆芝干农活。有次，清挖村西公路沟，孔繁森回来正赶上一群人在施工，他二话没说，脱了外套，下到沟里，接过一把铁锨就干了起来，在泥里水里干了半晌，直到收工，才洗脚回家。

孔繁森的所作所为，最先打动人的，是他的孝道。这是人们普遍认可、最佩服的地方。到五里墩问起孔繁森，乡亲们的第一个评价就是：那可是一个大孝子！孔繁森生前说过，“一个连父母都不孝的人，他心里还会有谁啊！”孔繁森每次回家，都是先到父母跟前，问长问短，嘘寒问暖。虽然工资不高，但都尽量买点营养品，让父母补养身子。特别是老母亲坐上轮椅，生活不能自理之后，他悉心照料，不厌其烦地为母亲洗头、洗脚、擦澡、剪指甲，端屎端尿，推着母亲到街上看热闹、逛风景。尤其是赴藏回来的日子，他特别珍惜和母亲在一起的时光，谢绝应酬，尽量在母亲膝前侍奉尽孝，为此，初懂人事的小女儿孔玲嫉妒地说：“爸爸心里，只有奶奶！”

他忘不了五里墩父母的养育，父老乡亲的帮助，总想为这片土地做些什么。他自己微薄的工资，养家糊口已经力不从心。但他还是尽最大努力帮着哥哥姐姐。在莘县当县委副书记时，他带着老娘、妻子和三个孩子，本来负担已经够重，还主动把一个正值上学年龄的侄子接到莘县，让他和孔杰一块上中学，让他学习文化知识。他的心愿是，帮两个哥哥、两个姐姐一家培养一个孩子，让他们都学有所成，改变面朝黄土背朝天的命运。每次去姐姐家，他都让王庆芝把自己舍不得吃的东西带给姐姐的孩子。只可惜，由于年龄、学历和其他条件的不具备，这些孩子的愿望都没实现，孔繁森不愿违背原则和制度规定，让组织对他的子侄外甥破例破格照顾，这也是亲人们嘴上虽然不说，却埋藏在心中对他最大的“意见”。

对于找上门来要求解决家庭困难的乡亲们，他是尽最大努力帮助，有找他借钱的，他自己手边没有，就找别人转借。王庆芝说他死要面子活受罪，他却说：“人家开口求人不容易。”“心眼不活、死认真、跟他亲的人，都没沾上光”这是那些找他办事、总认为能办成，却没有办成的乡邻亲友们对孔繁森的不满和怨言。孔繁森没忘本，没失去农民之子的本色，也没辜负组织的培养教育，他的爱心、热情、大方、正气，赢得了无数人称赞和怀念，对那些因为孔繁森没为他们办过事、没办成事而心存芥蒂的亲友们，随着岁月的沉淀和回味，越来越多的人也逐渐开始读懂了他、理解了他。

岗巴『本布拉』

第五章

岗巴『本布拉』

你不去，我不去，总得有人去，人家能吃的苦，我孔繁森也能吃

艰难漫长的赴藏之路

本来是到日喀则却被派到岗巴

适应艰苦环境，先过“三关”

修水库、建电站，结束“牦牛踩场”

让我再过把站岗的瘾

他随身携带着一个藏族姑娘的照片

我这条命是藏族老乡给捡回来的

就这么说走就走了，他感觉遗憾大于欣慰

归来后寒酸的行囊

你不去，我不去，总得有人去，人家能吃的苦，我孔繁森也能吃

1979年4月的一天晚上，孔繁森到陈孝忠家，告诉他："孝忠哥，我报上名了！"正吃饭的陈孝忠问："报上什么名了？"孔繁森说："去西藏。"陈孝忠听了，一撂碗筷，惊讶得要跳起来。陈孝忠苦笑着说："那么多人躲都躲不开，你却主动去报名了！"

孔繁森对陈孝忠这位大他十岁的老大哥，始终充满尊敬和感激，在他心目中，就像家中宽严相济的长兄，也是循循善诱的师傅，更是无话不谈的朋友。多年来，孔繁森从聊城技工学校抽调到聊城地区革委会生产指挥部政办宣传组，转正为国家干部，然后成长为聊城地委宣传部副部长。陈孝忠可以说是给予孔繁森无微不至的帮助和关怀。孔繁森也把陈孝忠夫妇作为自家兄嫂，把他们家当成落脚点。孔繁森工作上的难题、生活上的困惑，甚至思想上的疙瘩、两口子过日子的矛盾，都会毫不隐瞒地向这位老大哥诉说。就是平时嘴馋了，也到陈

孝忠家改善生活。手头紧了，也向陈家大嫂伸手求援。陈孝忠夫妇打心眼里喜欢这位慷慨大方、热情善良的小兄弟，总是能满足他的各种愿望和要求，解决他面临的所有难题。一般情况下，孔繁森有事都喜欢和陈孝忠商量，让他这个主心骨帮着拿个主意。

陈孝忠问："听克玉说，你早就有这个想法？"

孔繁森回答："我从小就向往美丽神秘的西藏，就想有朝一日能到那里创一片天地，干一番事业。现在这个机会来了！"

陈孝忠分析说："听说是平调，工资也不涨。你要想进步，在副部长这个位置上，好好干几年，很快会提拔的。"

孔繁森说："职务和工资都是小事，国家不会亏待每一个人。孝忠哥，这是国家第一次确定'对口援藏'，像我这样的年轻干部，有了去高原经风雨、见世面和建设边疆的机会，我特别珍惜这个机会，希望投身到这个伟大事业中，机不可失啊。"

陈孝忠加重语气说："我不仅反对，而且非常反对。我早就听说机关动员报名，也知道你符合条件。但你看看，你这个家，你怎么忍心走呢？"

看到孔繁森没说话，陈孝忠摊开手，一五一十地给他分析："你家老太太 78 岁了。老话说，七十不保年，八十不保月。你这一去就是五年，这中间万一有个好歹，别说你回来伺候，就是能不能赶回来，还得两说，这去西藏可不是南屋北屋。"

"庆芝的身体这几年不算好，三个孩子，小静 8 岁，小杰 6 岁，小玲玲多大？"陈孝忠故意问。

"不满两岁！"孔繁森的回答没有了平时的洪亮。

"你这个'一头沉'（聊城当地对丈夫有工作领工资，妻子孩子在农村生产生活家庭的形象称呼）的家啊！庆芝在生产队里干活，整天这么能干，还是个缺粮户，又喂猪又养羊，还得交钱买工分换粮食。现在，很多地方都实行农村联产承包责任制，把土地都承包给个人耕种，下一步地里什么事都要落在庆芝头上。你就忍心这样一走了之！”

孔繁森说：“孝忠哥，您是老党员，我的老领导，这事要是放到你身上，你怎么办？”

陈孝忠想了想，说：“考虑咱家庭实际困难，不主动报名；如果组织一旦把任务落到咱头上，那就服从组织安排。”

孔繁森说：“西藏缺少干部，急需支援，山东作为重点援藏单位，责无旁贷。我这样年轻力壮的县级干部不主动报名，难道还要让组织上费口舌做工作？我知道西藏条件差，生活艰苦，但是，你不去，我不去，总得有人去，人家能吃的苦，我孔繁森也能吃。再说，谁没家庭，谁无妻子老小，如果都以此为理由不去西藏，党交给的援藏任务谁来完成？”

陈孝忠没说什么，但从孔繁森的这番话里，看出了他的决心，心里开始赞同他的决定，只是不无担心地说：“你这个家怎么办？庆芝太难了，她会同意吗？”

孔繁森看到陈孝忠内心的变化，赶紧站起身，恳切地说：“我父母身体还好，照料老爹老娘，除了庆芝，还有哥哥姐姐。我要走了，家里的所有事，还得靠您和小梁（梁其峰）多帮助，庆芝那里，您还得出出面——”

陈孝忠点点头答应说：“你放心，你先给庆芝透透气，她生多大气，你都要顺着她，不能着急，别惹她生气。”

孔繁森高兴地说：“孝忠哥，我听您的。”

现在还没有资料介绍，孔繁森是如何做通家人的思想工作的。据王庆芝回忆：孔繁森当时很着急，看到丈夫为工作、为家庭左右为难的样子，她很心疼，凭她对繁森人品的了解，知道丈夫的决定是“正事、大事”。尽管孔繁森这一走，就把家庭重担都放在她身上，但她为了孔繁森的理想，还是选择了支持。哪个女人不盼着自个的男人好啊，为了这个好，再苦再累也不怕！王庆芝的支持，还有一个原因，那是孔繁森为她编织的一个美丽的“谎”。那个年代，国家对家属孩子在农村的干部还有个照顾，每年拿出千分之几的指标，办理农转非手续，让这些农业人口转为城市户口，符合年龄条件的，还可以安排工作。对这一政策，广大干部梦寐以求，都希望这个幸运落到自己家里。孔繁森因为家庭困难，几次被单位确定为“农转非”对象，孔繁森都以别的同事更困难为由，把改变家庭命运的机会让给了别人。这也是这几年王庆芝对孔繁森最大的意见。“他对我说，咱大小是个领导，不在单位跟人家争抢那几个有数的指标，闹得特别生分。这次参加援藏，国家就能按政策把你跟孩子的户口全转了。”在当时，能把农业户口转为城镇户口，是王庆芝最大的梦想，更重要的是，三个孩子都成为城市户口，他们的升学、就业，今后的前程，都和在农村有着天壤之别啊。人活着，不就是为了孩子吗?

只不过她的愿望，并没有因孔繁森去西藏而马上实现，急得王庆芝到处找人打听门路。两年后，梁其峰专门找地委书记反映了孔繁森家中的实际困难。地委书记连说：“没想到，繁森是这种情况，我们关心不够，帮助不够。”专门特批为她家办理了“农转非”。后来，王庆芝对孔繁森编的这个“谎”也一直耿耿于怀：“要不是我去找人想办法，光指望他，还不知道等到猴年马月。”

艰难漫长的赴藏之路

1979年4月26日下午两点零六分，孔繁森等15位聊城籍干部、教师、医生怀着复杂的心情，依依不舍地踏上西去的征程。这一年，是党的十一届三中全会召开后的第一年，拨乱反正的中国大地上百废待兴、百业待举，摆脱“左”倾思想束缚的人民正激情满怀地书写春天的故事。这一年，国家发生了两件大事：一是对越自卫反击战的胜利；二是中央安排的千人援藏大行动。

援藏，当时仍然是一条艰难而又遥远的征途。这15个人的队伍，郑经实（时任聊城地区粮食局局长、赴藏担任江孜县委书记）是队长，孔繁森、宋来君是副队长，从聊城到济南，稍事学习和休整，然后乘车西行到郑州，坐火车，沿陇海线走三天三夜到玉门关，一路上，越走山越多，树越少，越走心里越惆怅。孔繁森在车上主动帮着别人做这做那，一会儿唱首歌，一会儿讲笑话，尽量打破长途旅行的乏味和沉闷，他鼓舞大家说："前方到站是甘肃柳园，到那里我们就可以下车看看风景，活动活动腰身了！"大家被孔繁森的乐观情绪所感染，期待着下车活动一下，他们实在是坐车坐累了。

到了柳园，不禁大失所望。寸草不生的荒丘环绕着设施简陋的车站，连一棵树都没有，哪来的柳，更没有园。车站的工作人员介绍，这里没有水源。车站上所有人喝的水，都是从160公里外的疏勒河里拉来的。看到这些，大家对将来日子的艰苦情况有了初步认识，但真正的考验还没有到来。

从柳园火车站下车改乘汽车到日喀则，必须几个司机轮流换班，每天长途跋涉14个小时，如果道路顺利，车况良好，至少也得半个月时间。他们途径的地方先后是：敦煌—柴达木—格尔木—五道梁—沱沱河—雁石坪—安多—昆仑山口—当金山口—唐古拉山—藏北高原。经过了戈壁、高山、沙漠、河流，土路、泥路、沙路、盐路、砂石路，还有根本没有路的路。特别是到了五道梁，从生长地不到四十米的海拔，陡然上升到四五千米以上，这些鲁西平原上长大的儿女，毫无例外地高原反应严重，一下子受不了了。头痛、胸闷、晕眩、四肢无力，不同程度的身体反应，让他们领教了高原气候的恶劣和环境的残酷。修青藏公路的解放军战士就曾无奈地留下"到了五道梁，两眼泪汪汪，好比上刑场，哭爹又叫娘"的顺口溜。高原反应同样找上了孔繁森，头痛欲裂、恶心呕吐，但他强忍着、挣扎着、帮着比他反应更厉害的同事打水、送药、发食物。

1979年5月19日，陈孝忠一大早就接到孔繁森发来的电报：全员安全抵拉萨，勿念。孔繁森一行历经23天的艰苦跋涉，终于到达高原圣城。

本来是到日喀则却被派到岗巴

这天，孔繁森忍着头疼正躺在床上看日喀则地图，憧憬着五年时间走遍日喀则各地，考虑如何开展与聊城对口合作，实现区外宣传特别是向世界宣传“天上日喀则，人间香巴拉”的计划，轻轻的敲门声打断了他的思考。孔繁森起身拉开门，门外是地委吴副书记和组织部刘部长。孔繁森赶快请两位坐下。吴副书记关心地说：“怎么样，休息了这几天，好多了吧？”孔繁森爽快地回答：“谢谢领导，好多了，请抓紧时间分配工作吧。”吴副书记说：“别着急，先适应一下环境，再说工作的事。”孔繁森急切地说：“都来了三天了，可以边工作边适应嘛，高原反应这件事，不是光躺着就能过去的。”吴副书记满意地向刘部长交换了一下眼色，然后说：“对你的工作安排，我们想做一下调整。”没等吴副书记说完，孔繁森接过话茬说：“我听组织安排。”吴副书记郑重地说：“岗巴县还缺少一位副书记，一位检察长，你当过兵，又有基层工作的经验，年龄、身体条件都比较适合，我们想——”吴副书记好像有些为难。孔繁森说：“我去！”刘部长接着说：“本来是选调你担任日喀则地委宣传部副部长的，一来对口，二来你工作熟悉，但是，岗巴是个边境县，需要派得力干部加强一下班子的力量。地委领导认为你政治能力强，综合素质过硬，提议你到那里把这两个职务都担负起来，不过，从地委机关到县里，条件艰苦的多，政法工作还得从头学起，就是觉得有点委屈你，地委领导让我们征求一下你的意见。”孔繁森站起身来，铿锵有力地表态：“没意见，服从领导安排。被组织信任是一种幸福，哪里有什么委屈！”吴副书记说：“这副担子不轻，你是不是再考虑考虑？岗巴的平均海拔比日喀则高 1000 多米，含氧量仅为内地的一半，比日喀则还低 15%。”孔繁森说：“既来之则干之，我是农民子弟不怕苦，当兵出身听指挥。请转告地委领导，孔繁森服从分配。”就这样，孔繁森从中共日喀则地委宣传部副部长改派为中共岗巴县委副书记，从条件优越的地委机关下到落后贫困的边境县。

迎接孔繁森上任的车到了。一辆吉普车、一辆解放卡车，去岗巴的十几个人中，孔繁森职务最高。有人故意对来人说：“你们就用这车来接从山东大老远来的客人啊。”孔繁森连忙摆手制止。来人为难地解释说：“领导同志们，岗巴全县上下就这两辆车。”孔繁森安排年龄比他大、高反比较严重的同志，上了封闭较好的吉普车和卡车的驾驶室，自己却带头爬上装行李和面粉、油料的卡车后车厢。

开始，这些刚到高原的人们还停留在进入陌生环境的新奇和兴奋中，一会儿指点着远方冰雪皑皑的雪峰，一会儿评论着山坡上的玛尼堆，一会儿指点着草场上的牦牛和羊群。来接应的干部指着印满经文的五色经幡，告诉他们：“风吹动经幡，就是在诵经，风吹到哪里，它就把经文和教义带到哪里。红色代表太阳，黄色代表月亮，蓝色代表土地，绿色代表庄稼，白色代表牛羊。”

日喀则到岗巴三百多公里，过小河没有桥，汽车直接从水中开过去，整个轮子浸在湍急的河水中，溅起雪白的浪花，让大家把心提到嗓子眼儿。由于地面坑洼不平，汽车开起来像摇元宵的簸箩，坐车的人就像被摇的元宵，一会儿屁股弹老高然后重重落下，一会儿脑袋碰到车上，防不胜防。本来有高原反应头疼欲裂，这下连反应轻微的也受不了了。等到了岗巴县城，在后车厢的几个人，已经被风沙吹打得看不清模样。尽管在路上，对岗巴的落后有所预料，但下车后还是大吃一惊，这座所谓的县城，其实就是坐落在半山腰的几排破旧的平房，甭说和内地的县城相差甚远，就是内地的一个村庄，也比它大好几倍。

适应艰苦环境，先过“三关”

岗巴县政府所在地，海拔高，风沙大，空气稀薄，天气变化异常。凡是从内地来的人都有严重的高山反应，头痛、心慌、呼吸困难、没有食欲。岗巴的办公条件非常差。所有人都是办公室兼宿舍，全部家当就是一张桌子、一把椅子、一张床。没有通电，每名干部职工每月只发两包蜡烛。

从内地到高原工作的人，首先必须适应高原高寒缺氧的生存环境。诗人说：西藏是眼睛的天堂，身体的地狱。当地人告诫他们：“睡觉不要早，吃饭不要饱，说话不要吵，走路不要跑。否则就上不来气。坐在那里什么都不干，相当于背负 15 公斤的东西。”长期缺氧对身体脏器造成的损伤不可逆转，工作和战斗在高原的干部群众和边防官兵确实都是以生命和健康为代价，来换取边疆的繁荣和安全稳定的。孔繁森在给友人的信中说：“每晚凌晨 1 点睡觉，次日 6 点起床。原来打一担水要休息两次，现在到400米外打水，可以一次挑到家。”

孔繁森殉职后，中组部研究室宣传处副处长吴红专程实地核实孔繁森事迹，因高反住在西藏军区总医院，顺便调阅孔繁森的住院病历，发现孔繁森心脏影像显示，高原心脏病导致孔繁森心脏比正常人大三分之一，医生告诉她，如果孔繁森不因车祸出事，光心脏这个毛病，也不能长寿。吴红马上理解了孔繁森在抗击雪灾之夜写在笔记本上的那段“交代”，我们也理解了孔繁森经常挂在嘴上那句话“活着干，死了算”，理解了有高原生活经历的人面对身体疾病和生死考验表现出的从容与达观。和藏族干部群众同吃、同住、同劳动、遇事同商量，党中央政策一通到底，这是当年西藏各级党组织对干部的基本要求，也是一项纪律。这“四同一通”说起来容易，做起来却很难，对内地初上高原的孔繁森来说，是不小的考验。吃惯了面食的山东人会适应吃糌粑的饮食吗？吃惯了蔬菜水果的人会适应吃风干牛羊肉的生活吗？喝惯了热水热茶热粥热饭的人，能喝下酥油茶和青稞酒吗？特别是深入牧区，这些来自齐鲁之邦的人们，能适应不洗手脸、不洗澡，甚至人畜混住的环境吗？能不能很快和藏族群众打成一片，融入藏区生活成为一家人，是这些援藏干部和专业技术人员迫切需要完成的首要任务。那时候，还处在计划经济年代，食品缺乏，面粉、食油、煤炭等生活资料都靠计划供应，就是有钱也买不到东西。县级干部每个月只发4公斤富强粉，吃糌粑、喝酥油茶，一开始真不习惯。没有柴烧，最冷的季节，每人只发两麻袋牛粪。在高原上，牛粪是几百年来取暖做饭最好的燃料，无烟无味火焰好。当时，岗巴畜牧生产落后，牛粪也相当奇缺，一袋牛粪可以卖到6元到8元，背一大筐牛粪看望朋友是最好的礼物。市场上只能买到白萝卜、卷心菜和脱水干菜。海拔高、沸点低，做饭做不熟，烧水烧不开。因为不习惯藏族饮食习惯，很多干部有时间都自己做饭。上级统一配发了一个“双喜牌”24升的压力锅才解决了这个问题。由于吃青菜、水果不够量，导致维生素缺乏，出现头发脱落、口腔溃疡、嘴唇开裂、流鼻血、指甲盖变软、皮肤绷口子、体重下降、情绪倦怠等症状，干什么事都打不起精神。

孔繁森一行5人是晚饭前到的，该吃晚饭的时候，大家就倒在自己的铺上，一动都不愿动了。孔繁森替大家把饭从食堂打来，挨个把大家拉起来，鼓励大家道：“这是咱来岗巴的第一顿饭，哪能不吃，吃饱了饭不想家。我知道大家反应厉害，吃饭有点困难。人是铁饭是钢，没有健康的身体，怎么工作。初来高原，吃饭也是考验，也是任务！”在他的带领下，大家硬挺着把面前的饭吃了下去，但很快又吐了出来。孔繁森听说别的地方出现援藏干部一觉醒来因缺氧而发病死亡的情况，他马上提出必须两个人同住的建议，并定下一条规矩：无论你饿还是不饿，每天早上都要按时起床一块吃早餐。

孔繁森第一个适应了喝酥油茶、吃糌粑、饮青稞酒的生活方式，特别是到了牧区藏家，他能毫不犹豫地接过藏族同胞碗里漂着羊毛、气味腥膻的酥油茶，有时是几个人合用一个大碗轮着喝。为了表达特别的敬意，有时藏胞还会当面用唾沫和皮袍袖子擦拭木碗，然后真诚地斟上青稞酒和奶茶。面对藏胞的那份淳朴和热诚，孔繁森心里很感动，双手接过藏胞递过的食物，眉头都不皱一下，大口地喝下去。就这样，孔繁森很快过了生活关，取得了藏区生活的入门证，也让藏族干部群众很快喜欢上这位没有官架子的“本布拉”（藏语，意思是“当官的”）。

熟悉孔繁森生活习惯的崔建勇告诉我们，孔繁森是个有洁癖的人，在部队，他就有每天晚上洗冷水澡的习惯，洗完澡后，甭管多晚，都要把换下的内衣内裤洗干净，从不让脏衣服过夜。在牧区和藏族群众摸爬滚打在一起，不仅需要觉悟，还需要勇气，特别是后来他还经常为牧民看病敷药，口对口为藏族老乡吸痰、把老阿妈冻伤的双脚捂在自己胸前，这对爱干净、有洁癖的孔繁森来讲，得需要多么大的克制力啊!

岗巴县城所有的机关和企业单位就一个食堂，一天只管中午一顿饭，早饭和晚饭需要干部职工自己解决。喝的水是从山下拉回来的，牛羊都在那里饮水，连拉带尿，很不卫生。孔繁森主动带领大家清理院子里年久失修不用的一口水井，他带头跳到井里，清挖积存的石块和淤泥，终于让大家喝上了干净的井水。食堂不开火的时候，他就抽时间为大家做饭，为四川人蒸米饭，为山东人做面饼，自己有什么好吃的，都是给大家分享。计委干部付美兰介绍说:“他就像一个大哥哥，其实比我们年龄也大不了多少。”在那样举目无亲的艰苦环境下，有这样一个没有架子的好领导，大家都感觉很温暖。有一年春节，早晨五六点钟的样子，他就挨家叫门，说今天大年初一，咱们拜年去。他领着大家先到藏族干部家，然后再到汉族干部家。他平时就是这样，把民族团结看得特别重要。

俗话说，语言是打开心扉的钥匙。要想和藏族群众交流，首先要掌握藏语。从进藏第一天开始，他就下决心把这片土地作为自己的第二故乡，把身心融入这里的生活。他参加了藏语培训班，每次都是第一个进教室，最后一个走出教室，听得最认真，读得最卖力，学得也最快，很快掌握了 32 个藏文字母和当地常用会话。为了锻炼藏语口语能力，他不在乎别人是否会笑话自己，而是找准机会就大胆训练。不到半年，他就掌握了很多藏语单词，下乡时就能和老乡进行简单的交流了。而实际情况是，整个藏区很大，藏语也有很多的不同，不同的区、乡差别就相当大，所以每到一个地方，为了熟悉当地的文化习俗，配备当地翻译仍然是必要的。

岗巴的交通条件更是艰苦。县辖境内，茫茫荒原，没有一条公路，出门全靠骑马。马，就像平原上人人出行必备的自行车。下一次乡要一个月，到最远的村庄得骑马走十天，有的地方道路险要，马根本上不去，只得一人攀登。有时走一天也看不到一个村庄、一顶帐篷。有时翻一座山需要牵着马爬半天。那个地方很奇怪，天越旱，山顶积雪融化的越多，河水就越深，一些平常没水的浅滩，都会变成激流湍急的河，河水刺骨的冰冷，冰的马腿直打颤。

下乡，不会骑马是没法开展工作的。为了工作，孔繁森没用很长

在救灾途中，需要翻越一座座高山，高原反应强烈时，孔繁森就趴到马背上休息一下。饿了就吃一口风干的牛羊肉，渴了就抓一把雪塞到嘴里

时间就熟练掌握了骑马技术。下乡时，他专门挑性子烈的马，不喜欢慢性子的，他说："我就烦干事慢慢腾腾、腻腻歪歪，给我找马也要麻利快当的。"他喜欢策马驰骋，或者在马上放歌。

就这样，孔繁森努力适应了藏区生活，过了生活关、语言关、骑马关，以自己的真诚赢得了藏族干部群众的认可和好评，在藏区深深扎下了根。县委的领导们给他起了个外号"孔四快"（适应环境快、了解情况快、掌握政策快、进入角色快）。时间不长，群众就从起初称他"本布拉"（当官的），到亲切地叫他"落顿"（同志）啦、"该拉"（老师）啦，有事都愿意找他商量了。

阿旺曲尼，是堆龙德庆区一个农民的儿子，母亲因贫困离家出走。因为从小没吃过母亲的奶，喝牛奶长大的他，外号叫"牛犊"。小时候给地主家放牛羊，整天过着奴隶的生活，挣扎在死亡线上，解放军救了他的命。西藏民主改革后，共产党和人民政府让他上了学，吃上了饱饭。他还记得汉族老师第一次为他洗了澡，剪掉长着虱子的长发，换上干净的干部制服，他觉得自己像换了个人，原来的小伙伴好奇地看着他，他竟不好意思回家，藏到山里躲起来。1978 年 9 月 28 日，阿旺在西安咸阳民族学院毕业后，分配在岗巴县城工作。随着援藏干部越来越多，县委机关在全县选拔了四名藏族翻译，阿旺就是其中的一个。

1979 年 7 月的一天，阿旺曲尼来到孔繁森身边。对这位刚来的副书记，阿旺曲尼在开会时见过几次。孔繁森对他却没有印象。当时的阿旺曲尼黑黑瘦瘦的，腼腆的像个孩子，特别是见到县委领导更是紧张和局促。

"孔书记，这是阿旺，从今天起，就跟着你下乡了。"县委办公室的郭主任介绍说。孔繁森主动和阿旺曲尼握手，为打破紧张的局面，他主动询问："小伙子，上过学吗？"他咸阳民院毕业，去年分来的。"王主任看到阿旺曲尼紧张得张不开嘴，赶紧替他回答。孔繁森故意问："你会写'人'字吗？"阿旺曲尼不高兴地用手指一撇一捺比画了一下。孔繁森笑着解释说："会写容易，会做可就难了！"阿旺曲尼开始时不是固定地跟着孔繁森，而是哪个汉族领导下乡四个翻译轮流跟随服务。只不过孔繁森下乡待的时间最多，时间长了，阿旺曲尼就慢慢固定跟着他了。

当年，改革开放的春天吹拂着藏南边境的岗巴县，孔繁森经常深入村庄宣传党的十一届三中全会精神，推行以"两个长期不变"（土地归户、自主经营长期不变；牲畜归户、私有私养长期不变）为主要内容的西藏农牧区改革，推广家庭联产承包责任制，带领农牧民群众脱贫致富。由于地处边疆，加上基层干部文化水平普遍较低，推行新的政策相当困难。很多干部群众认为，把地和牲畜分包到户是资本主义复辟。为了从根本上解决这些观念问题，为改革扫清障碍，需要深入农牧区做大量的思想政治工作。为了全面掌握全县情况，孔繁森跑遍了岗巴所有的区乡，阿旺曲尼也就跟着孔繁森一起，奔波在高山牧场、田间地头。岗巴县辖域面积4100多平方公里，山地丘陵此起彼伏，由于交通不便，下乡全靠骑马。由于长时间在马背上颠簸，孔繁森两胯和臀部都磨破了皮，引起了溃烂，以致坐不能坐，躺不能躺。孔繁森带领工作队一村一户做工作，面对面和干部群众谈心。他主动请缨，带着阿旺曲尼到最偏僻的孔玛乡蹲点，一待就是一个月，等到把问题彻底解决才撤回县里。

修水库、建电站，结束“牦牛踩场”

岗巴县的昌龙乡有几千亩地，年年干旱，冰雪融水汇成溪流，从农田旁边流走。孔繁森重点抓查珠水库建设，解决人畜饮水和农田灌溉问题。修水库时，孔繁森专门从县里协调炸药和工具，和广大民工一起战斗在工地上。他和老百姓一样背石头，后背都磨破了，鲜血流到裤腰上，把裤子都染红了。阿旺曲尼说：“孔书记，你不能这么干，你累垮了，我怎么向县委交代！”孔繁森不以为然地说：“没事儿，大家都是一样的干，我更不能落后。”他把自己带到工地的白面饼让给年龄大的藏族群众，自己吃藏族群众的糌粑，还故作轻松地说：“我光吃白面饼了，尝尝糌粑换换口味儿。”阿旺曲尼就是在那个时候，向孔繁森学会了烙白面饼。

那时候，建水库一度因为物资缺乏、资金紧张影响工期，孔繁森带着阿旺曲尼亲自跑县城，想办法争取到施工必需的炸药、钢钎和运

在岗巴工作期间，孔繁森经常利用闲暇时间与藏族群众深切交流

输工具。当孔繁森坐着拉物资的车辆，风尘仆仆回到工地时，藏族小伙子一拥而上，像欢迎胜利归来的勇士，把他高高抬起来，扛到肩头上。在孔繁森带领下，查珠水库如期蓄水。人们换上节日盛装，高兴地在大坝上载歌载舞。由于水利条件的改善，昌龙乡当年粮食产量获得大丰收，不仅满足了群众的口粮，还第一次向国家交售了余粮，而且交余粮的数量在全县第一。直到现在，那座全凭人力肩挑背扛建成名叫“查珠”（藏语意为血汗）的水库还在继续发挥着作用。

在岗巴期间，孔繁森还参与了当时唯一一座水电站的建设，虽然因为水动力的原因，不能保持常年发电，但滚滚河流推动机器发电，给高原的黑夜带来了光明和希望。

孔繁森从昌龙乡实际情况出发，从改变群众思想观念入手，手把手教他们先进的饲养和种植技术，帮助他们改善生产方式。一天，他和阿旺曲尼下乡，看到牧民们正在打麦场打轧青稞。牧民们把收割的青稞都铺撒在打麦场上，然后让牦牛在上面踩来踩去，靠牛蹄子的重量，踩脱麦穗上的麦粒。“你们这里轧麦子不用石磙子？脱粒不用机器？”孔繁森问阿旺曲尼。阿旺曲尼一脸懵懂，说：“这不奇怪啊，这儿的老百姓多少年就是这样打青稞的，这就是‘牦牛踩场’啦。”回到岗巴后，孔繁森向县委书记张华汇报了在乡下的所见所闻。张华说：“广大的藏族群众是从奴隶社会直接进入到社会主义社会的，生产生活方式比较原始，如果从生产工具入手改变他们的生产方式，将会大大提高藏区的文明程度。”孔繁森把自己在路上考虑的想法和盘托出：“全县推广机械化还有很大困难。通过典型带动，抓点带面，可以起到‘星火燎原’的作用。”孔繁森的想法得到了书记的支持，他马上联系农机部门向上争取，为岗巴无偿争取一批农业机械和柴油，开始在所帮（包）区乡进行农业机械化试点。当机器轰鸣，脱粒机、扬场机吐出金色的麦粒时，藏族群众围着孔繁森又唱又跳，把一条条洁白的哈达系在孔繁森的脖子上，系在那些神奇的机器上。

让我再过把站岗的瘾

当过兵的孔繁森始终有一种部队情结。他上任后三天，就不顾还没完全消失的高反症状，带着慰问品到距岗巴 60 多公里、海拔 5318 米、含氧量仅有内地 35%、年平均气温零下 10 摄氏度以下的查果拉哨所，看望驻守哨卡的“岗巴营”官兵。有人劝他说：“那地方太高、太险，还是等身体适应了再去。”孔繁森说：“听说那里的战士，有这样的话‘不上查果拉，枉为岗巴人’。能上查果拉受罪受苦，是革命军人一辈子的光荣。你们就让我做回光荣的岗巴人吧，否则，我这个县委副书记太不合格了。”当时，哨所不通路、不通电、不通水，战士喝水用大锅熬雪块。孔繁森看在眼里，疼在心上。他握着战士的手说：“我当兵的时候，赶上国家困难时期，你们比我苦多了！”他坚持与战士同吃一锅饭，同喝一杯青稞酒，同唱一首歌。他带着放映机给战士们放电影，为了让他们一连看上几部完整的经典影片，他主动提出：“看到钢枪我手发痒，让我再过一把站岗的瘾。”他坚持替战士连上了三班岗，手脚冻得失去了知觉，手套冻得粘在了钢枪上。

通过这次慰问，孔繁森了解到，哨所上牛粪不够烧，他把县委机关分给他过冬的牛粪，都装车送到哨所。同时，安排有关部门想方设法保证哨所的燃料充足，提前备足部队所用的“拥军牛粪”。王庆芝寄来的萝卜干、茄子干，他也舍不得吃，都送到哨所去。他很关心官兵们的学习，不时捎去一些汽车维修、机电教材等书籍，让战士们在业余时间学点专业知识，将来回到地方能有一技之长。多少年后，哨所还珍藏着孔繁森送给战士的书籍、画报和印有内地风光的挂历等。

他随身携带着一个藏族姑娘的照片

除了经济发展的落后，孔繁森最忧心的是岗巴缺医少药的医疗条件。那个时候的岗巴，县城只有一家诊所规模的医院，医生和护士不到10个人，在广大农村几乎没有什么医疗条件，贫苦的百姓生了病只能念经求神，听天由命，简单的常见病、多发病都得不到及时治疗，最后甚至失去生命。有的一点外伤由于卫生条件不好、治疗不当，造成大面积溃烂甚至终身残疾。

有一次，孔繁森下乡遇到一位叫卓玛的16岁小姑娘，模样俊俏，歌声甜美，性格乖巧，舞也跳得好，是一个搞艺术的好苗子。孔繁森让随行的记者为她拍了一张特写，答应再下乡时给她送去。等记者从日喀则捎来洗印好的照片时，那位小卓玛却因一次高烧离开了人间。月光下，孔繁森一个人拿着那张没有送出去的照片，看着天使般笑容的小卓玛，痛惜的眼泪淌满脸颊。他多次拿着这张照片，在多种场合，向上级领导反映岗巴医疗卫生落后状况，要求改善这一状况，无奈当时的条件有限，只能把希望和要求，付诸漫长的等待。一种救死扶伤的责任感，一种改善医疗条件的紧迫感常常在孔繁森心中涌动。

探亲回到济南，见到了徐诚老首长，他没有诉说自己经受的苦难和委屈，而是详细介绍了岗巴县缺医少药的实际情况，还特别拿出了他随身携带的皮夹，那里面夹着小卓玛的照片。徐诚端详着照片，长叹一声，说:“长得像仙女一样，笑得多纯洁，如果在这里，怎么也不会发生这种悲剧！”她告诉孔繁森:“客观环境一下子很难改变，你就学习进藏的‘金珠玛米’（解放军），能帮一个是一个，能救一个是一个！”这话说到了孔繁森的心坎上，他这次回来就是要告诉恩师准备这样做，不管别人怎样议论，打定主意为藏族群众送医送药。徐诚拿出一个新的红十字药箱，说:“这是我为收养的女儿金英下乡准备的药箱，原打算用它为贫下中农看病的，现在她招工用不着了，正好送给你。你走之前来拿，我再为你配些常用的药品。”孔繁森非常高兴，连声说:“我替岗巴人民谢谢老首长！”孔繁森临走前，带走了这个装满药品的小药箱，准备的药品药箱里装不下了，还单独又装了一大袋子。他以为这是徐主任从医院为他搞到的免费药品，不知道老太太为此花了1000多元的积蓄，这在20世纪70年代末，算是一笔不小的开支。孔繁森援藏十年，用坏了四五个小药箱。他知道，他一个人、一个药箱，面对整个缺医少药的环境，只是个“独行侠”，对于问题的解决，只能是杯水车薪。想从根本上解决问题，应该多培养医生，改善医疗条件。他给时任聊城地区人民医院郑福增院长写信，联系岗巴的医生到那儿去学习进修，并嘱咐安排好食宿，让最好的医生来指导。还特意嘱咐，照顾好他们的生活习惯。郑院长同意并做好了接受准备，孔繁森和岗巴医院院长商定进修人员名单，亲自把土登、次仁两位医生送到汽车站，千叮咛万嘱咐：好好学习，学成归来为岗巴人民服务。这两位来自高原的特殊学员，受到了聊城地区人民医院的热烈欢迎和悉心照顾。男医生土登被分到外科，女医生次仁被分到妇产科。经过一年的努力学习，两位医生回到岗巴，成为县医院的技术骨干，评上了职称，成了远近有名的专家，他们至今都忘不了孔繁森为他们提供的到聊城进修的机会。

昌龙乡乃村的确吉，是格热书记、拉吉老阿妈的女儿，她曾经目击了孔繁森吸痰救治藏族男孩的情形：

当时我的父母都健在，父亲是村上的书记。这里没有卫生院。仁青的母亲（抱着孩子）跑过来说，仁青的喉咙这块有点堵塞，哭着让我母亲帮忙，我父亲和孔书记都在我们家里。孔书记问是怎样的情况，说嗓子这块有东西堵着喘不上气，孔书记说我来看看。当时我也在家里……孔书记就嘴对嘴地把痰吸出来了，我感到很惊讶，他一点也不嫌弃脏，热心去给孩子救治。这事我不是听来的，当时我就在身边，是亲眼看见的。

这位叫仁青的小男孩，出生于1979年3月7日，当时还不到两周岁。现在是昌龙乡乃村的双联户长，两个孩子的父亲，女儿在家务农，儿子在北京财经大学上学。仁青回忆道："当时我很小，一点也记不起来了，父母在世的时候，跟我说，是孔书记嘴对嘴地把痰吸出来，把我救活的。"

我这条命是藏族老乡给捡回来的

1980年的一天，孔繁森骑马到塔杰乡查看旱情。本来天已经很晚了，准备返回驻地的孔繁森，听说塔杰南部山区有个水库，基本干涸，孔繁森想和乡里的干部一起到现场，商量引水办法。马在攀登一条水坝时，突然受惊，前蹄腾起，孔繁森身体后翻，仰栽到乱石坡上，右脚挂在马镫上，被拖了好几十米，摔伤了脑部，马上昏迷了过去。同行的塔尔琼吓坏了，赶紧把他背到一个牧民的临时居住点，为他换下小便失禁尿湿的裤子。在这茫茫的荒原上，叫天天不应，叫地地不灵，只得祈求佛祖保佑孔书记平安无事，希望他睡一会很快醒来。没想到孔繁森的脸色越来越难看，呼吸越来越急促。塔尔琼抓紧让一位机灵的小伙子骑马到县里报信，一边安排扎担架送医院抢救。五六个人抬着担架，打着火把，在漆黑的夜晚艰难跋涉。他们顾不得山高路远，也不管脚下是草滩、砾石还是溪流，只是一个劲儿地催促，快一点，再快一点。他们一边呼唤着孔书记，一边奔跑。孔繁森昏睡着，远处还传来瘆人的狼叫。等他们精疲力尽跋涉了30多里山路赶到岗巴医院，县委办公室郭主任和曲桑医生也乘着一辆解放牌卡车随后赶到了，原来是送信的小伙子没说清路线，汽车和担架走岔了。接下来的日子，是岗巴县委领导日夜不眠的守护，是医生护士们的全力救治，是干部群众焦急不安地等待。站满院子的老百姓合掌祈祷："孔书记，您赶快好起来！"

昏迷了三天三夜的孔繁森终于醒了过来。他看到县委领导和医生护士疲劳的神情，熬红的眼睛，看到窗外藏族同胞期待的眼神，听到遇险后藏族群众倾力相救的经过，又一次流下了滚烫的热泪。对于陌生人的求助，孔繁森都会不求回报地慷慨相助，何况是有着救命之恩的藏族人民。重情重义的孔繁森怎么会轻易忘记，怎么会不想法设法报答呢？这正是：在岗巴捡回一条命，与高原结下一生情。

就这么说走就走了，他感觉遗憾大于欣慰

1981 年，中央决定将大批援藏干部分批内调，在西藏实行以藏族干部为主的政策，逐步将汉藏干部的比例由 7：3 调整为 3：7。很多援藏干部奔走相告，终于可以回内地工作，可以和亲人团圆，共享天伦之乐了。孔繁森得知这一消息，高兴之余，油然而生一种难舍。岗巴三年，他的心已经和这里的人民、这里的土地融合在一起了 。刚刚适应了高原生活，熟悉了岗巴的工作，很多事情还没有做完，很多计划还没来得及实施，甚至还有很多老人孩子等着他看病送药。没想到五年变成三年，就这么起身走了，他觉得遗憾大于欣慰。

临行前的头一天，他把剩下的面粉都带到昌龙乡，破例没有和群众一起下地劳动，而是找格热书记的老伴拉吉帮忙包起了水饺。格热知道山东有“起脚饺子落脚面”的风俗，把全村的面粉都集中起来，请全村人一起和孔书记吃顿团圆饭，大家剁肉的剁肉，切菜的切菜，

擀皮的擀皮，忙活了大半天。到了晚上，人们吃着饺子，唱着歌，年轻人跳起了欢乐的锅庄（藏族的民间舞蹈）。拉吉老阿妈这位拥军老模范，端着一碗面条，流着泪说："山东人吃面条，讲究常来常往。今天请书记喝下这碗面条，希望以后常来昌龙落脚，别忘了这里也有一个家。"孔繁森端起这碗并没有煮熟，味道也不怎么地道，但包含着深情厚谊的面条，三下五除二就吃进嘴里。那夜，不胜酒力的孔繁森不知喝了多少碗青稞酒，第一次醉倒在了昌龙乡无边的月光下。

离开岗巴的时候，街道上挤满送行的人们。孔繁森脖子上的哈达多得都挂不下了，连送他的汽车反光镜上都系上了哈达。岗巴群众舍不得孔繁森离开，孔繁森又何尝舍得下他们啊！

回到聊城，他多次给朋友们讲，西藏天干净，地干净，人心干净，在那里工作，有干劲。我这条命是藏族老百姓给捡回来的，如果有机会我还要豁出这百十来斤，报答藏族人民的救命之恩。他在给仍在岗巴工作的、甘肃籍援藏干部殷怀德的信中说："我人虽然回到了山东，西藏却把我的灵魂留下了。"很多人不理解孔繁森二次援藏，抛家舍业，自讨苦吃的行为，除了他坚定的党性觉悟和组织观念，对这片土地的特殊感情，对藏族人民的报恩心态，应该是孔繁森重要的思想动机。

归来后寒酸的行囊

“孔繁森在岗巴慷慨助人，自己两手空空，什么也没带回来。临死时身上只有八元六角钱，很多人都不信，反正我信！”和孔繁森同时援藏的藏友、曾任南木林县副县长宋来君讲的一段亲身经历，印证了孔繁森在岗巴的拮据和清贫。这天，他在机场焦急地等待着孔繁森。两周前，两个人就相约一起回聊城休假。等到飞机马上起飞时，孔繁森才急匆匆从外面赶来，一边走一边擦着满脸的汗，宋来君带着埋怨的口气说：“你怎么才来，飞机能等着你！”孔繁森不好意思地笑了笑，说碰到熟人，说了个事，就晚点了。看到孔繁森只带一个小行李包，宋来君问了句：“就带这点东西？我以为你给老婆孩子买东西去了。”孔繁森说：“不用，家里啥也不缺。”说完，孔繁森凑到宋来君身边，小声说：“老宋，帮个忙吧，借我点钱，我买机票钱不够了，到聊城就还你！”宋来君知道他见了困难的人，习惯性的动作是掏钱，见了街上的穷人，同情得直掉眼泪，故作气恼地问：“你的钱哪，又都学雷锋了！”他不好意思地摆摆手说:“你别问了，赶快给钱吧，飞机马上要飞了。”宋来君埋怨道:“伙计，你也忒没数了，马上回山东了，不给家里带点钱，善心发得都没边了。”没等宋来君说完，孔繁森就消失在买票的人群里。

在离开岗巴的时候，办公室分管后勤的同志告诉孔繁森，县里为每个要回家的援藏干部用红松木料钉了两个大木箱子，既可以托运行李，回家拆开还可以打件像样的家具。在木材比较紧张的情况下，这简直是求之不得的事。但孔繁森拒绝了，说:“岗巴自然条件差，长棵树很难。木料都是国家千里迢迢从外地专门调拨的，很宝贵，应该用到建设上。”人家说:“别的同志都打了，你不打，别人怎么办？”孔繁森说:“别人打，是别人的事，我没有东西托运，我不用打。”因为他把所有能送出去的东西，都送给了别人。

当孔繁森背着一个小小行李卷，走出火车站（这次没坐飞机，估计还是经费紧张）的出站口时，接站的陈孝忠、梁其峰都没有认出他来。高原的日照和风沙让他变得又瘦又黑，再也没有临走之前的英俊帅气，反而增添了几分老相和憔悴。他兴奋地喊了声:“孝忠哥、小梁。”丢下行李就扑过来和这两个人拥抱在一起。三个人都流泪了，是久别重逢的喜悦，是苦尽甘来的欣慰，是牵挂和担心，多种情感滋味，涌上好朋友的心头。

看到孔繁森那个小行李卷，梁其峰问:“还有别的吗？”孔繁森说:“没有了，就一件大衣、一床毛毯，其他都送人了。”陈孝忠苦笑着说:“行啊，只要人平安回来就行啊！”后来，那件大衣，王庆芝一直珍藏着，那条毛毯送给了梁其峰夫妇。如今，孔繁森同志纪念馆展出的那件藏青色皮大衣和林芝毛毯厂出产的“雪莲”牌毛毯，就是孔繁森第一次援藏结束时带回来的全部财产。

任职萃县

第六章

任职莘县

新房新墙新操场，最好的地方是学堂

结交了一帮“洋”亲戚

干部群众心中的贴心人

1981年6月2日，中共聊城地委批准孔繁森拟任中共莘县县委副书记。他的干部任免呈报表上对他的政治表现做了这样的描述：1979年应召援藏，在高寒缺氧的情况下带病工作，工作积极有热情，有干劲，身强力壮，精力充沛，有一定能力和政策水平，作风深入，团结同志，联系群众。孔繁森在莘县分管文教卫生等工作，一年四季在基层跑。莘县是个人口大县，地形狭长，他经常骑一辆半新不旧的自行车深入村户，跑遍全县21个乡镇，掌握到真实情况和第一手资料。1983年下半年，孔繁森负责莘县南部7个乡镇的农村基层党组织整顿，指挥部设在樱桃园，他骑着一辆自行车走乡串村，每天行程四五十公里，同行者问他累不累。他撒开自行车把，双手抱在胸前，解开衣扣的小褂被风吹开，像一双扇动的翅膀，很悠闲地蹬着自行车，得意地说："同志，这比起在高原上下乡翻山过河，舒服到天上了！走到哪个乡，就在那里就地住下。在乡里的值班室，和通信员住一夜，既解决了住宿问题，也顺便摸清了下面的一些情况。"而他指挥部的床铺常常空着。

每到一个村庄，孔繁森都让村干部领着看望老干部、老党员、军烈属和五保户，主动倾听他们的心里话，了解他们的具体困难，为他们解决实际问题。孔繁森还经常自己花钱送上两盒纸烟、一包点心、半斤红糖，留下点零花钱和几斤当时非常紧缺的粮票、布票，帮助他们购买市场上比较紧俏的日用品、生产所用的柴油和化肥，人们反映这个新来的孔书记，讲老礼儿、有老味儿。这个礼儿，这个味儿，应该就是共产党密切联系群众的老传统、老作风。

由于孔繁森经常到村干部和群众家中串门，熟悉他们家中人口、性格脾性等情况，和老百姓有许多共同语言。他记得老人的生日，孩子的年龄，主人的特点特长，亲戚关系，叫得上很多人的小名，就连这些人家养的狗都熟悉他，见了他都不咬不叫，摇摇尾巴，表示亲好。

新房新墙新操场，最好的地方是学堂

有一次，孔繁森在县城东街办事，发现一群半大孩子在一起玩耍，顺口问了句："小同学，你们为什么不上学，今天也不是星期天呀！"见到陌生人问话，这些孩子像受惊的麻雀，轰的一声都跑散了，其中一个大胆一点的，一边跑一边喊："没学上了！"孔繁森把这个孩子的话牢牢记在心里。他亲自到村干部家了解情况，才得知因为拆迁，原来的学校拆掉了，由于资金紧张，新学校校址一直没落实，孩子们没学上都快一年了。问学生家长，家长回答："县城四街，南街、西街、北街都有学校，就是东街没学校，让学生到其他学校上，距离远不方便，分流学生也容纳不了，只得把孩子们'放了羊'"。孔繁森看在眼里，急在心上。他把县教育局长、小学校长都叫来，生气地说："耽误庄稼误一季儿，耽误孩子误一辈儿。解决不了问题不反映还捂着盖着，这是渎职、是犯罪。他带领有关人员白天选址看地块，晚上开会研究写报告，制订施工计划，并亲自向书记、县长汇报，督促有关部门办好手续、落实了资金。仅仅用了半年时间，就让东街没学上的孩子们走进新建的城关镇中心小学，解决了没学上的难题。

当年，山东省的乡村中小学投入严重不足，尤其是经济落后的贫困县，学校建设尤为落后，一些乡镇中小学成为草料场（被柴草垛包围，被打麦场、牛羊圈占领），人们形象地说：土屋子、土台子，里边坐着泥孩子。当时孔繁森脑子里全都是票子（资金）、房子（校舍）、场子（操场）、桌子（课桌）、凳子（课凳）、茅子（厕所）、院子（院墙），以至于书记、县长见了他，不等他张口，就先用话堵他："老孔，咱今儿不谈钱行吧。"孔繁森张口就来："没钱怎么改变学校的面貌？"他就像当年行乞兴学的老乡邻武训一样，拉下脸，低下头，为学校筹集资金，对上级领导说好话，对企业家说好话，对不安心教育的教师说好话，最大限度地为学校筹集建设资金。经过三年努力，全县中小学实现了标准化校舍、课桌、课凳、操场、厕所、院墙六配套，孩子们高兴地唱道："红旗飘、歌声扬，新房新墙新操场，最好的地方是学堂。"孔繁森费尽九牛二虎之力，拿下学校"六配套"硬活儿，推动全县成为全省学校改貌工作十个标兵县之一，功不可没，在当年实属不易。

孔繁森在实地调查中发现，莘县师范有12位结婚成家的教师分别住在一间又矮又窄的小房子里，很多三辈人挤住在一起，非常不方便，他向县委提议，请研究拨出专款为他们每家新建两间带小院的房子，这在当时引起轰动，老师们高兴地说："孔书记这一下子，让我们的地位，马上在全县提高了。"

结交了一帮“洋”亲戚

孔繁森走进县委书记办公室，看到阎廷琛喜形于色的样子，好奇地问：“阎书记，什么事这么高兴？把我从南天边叫回来。”阎廷琛站起身来，用大手拍了一下孔繁森宽厚的肩膀说：“伙计，好事啊，天上掉下个‘林妹妹’！”看到孔繁森迷惑不解的样子，他掩饰不住内心的兴奋：“机会来了，国家林业局根据新时期林业发展战略，结合联合国世界粮食计划署援助要求，选择在山东聊城和四川珙县作为我国林业外援项目的首批试点，力求在中国探索出一套不同地理环境条件下，营造速生丰产林的经验和路子。”孔繁森说：“太好了，我们得抓紧争取啊……”看到孔繁森急切的样子，阎廷琛说：“放心吧，今天地区领导给我打电话，已经定在我们莘县了。”孔繁森说：“怪不得你这么高兴啊！”阎廷琛感慨地说：“咱莘县太需要一个这样的项目了，怎么样，感不感兴趣？”孔繁森说：“书记，你就说需要我干什么吧？”阎廷琛笑着说:“就知道你是个眼里见不得活的人，项目缺个主持工作的副指挥长，你去干，怎么样？”孔繁森表态:“行！”看到孔繁森愉快地接受了任务，阎廷琛叮嘱:“这个项目有国际影响，是经济工作，也是外事工作，还是政治工作，关系到我们县的外部形象和社会声誉。”听完阎廷琛具体的工作部署，孔繁森踌躇满志地说:“我就知道这事非我莫属。”两个人把目光投射到墙上的莘县地图上，阎廷琛把手指停在一个叫王奉的地方。这里是冀鲁豫三省交界处，黄河故道，有个国有林场，不到 3000 亩（1 亩 ≈ 666.6 平方米，下同）地。为进一步治理沙荒，改善生态环境，省计委专门批复，从周边毗邻村庄新征沙荒地 8000 亩，联合国世界粮食计划署将在这里投资 2000 万美元，以王奉林场为基础，附近 4 个乡镇营建 11 万亩，7 个营林区的 2606 工程。阎廷琛说:“过去的林场太小了，我们这次要搞一个大的，它也应该有个新名字。2606 工程太不通俗了，项目位置在马颊河以西，我们就叫它‘马西林场’吧。”马西林场，好响亮的名字，好宏伟的计划。在这片土地上干事创业的激情，在两个共产党人胸中汹涌澎湃。从此，聊城地图上多了个新地名，鲁西平原上开拓出一片新绿洲。

孔繁森盯在项目办公和接待设施营建现场，严把建筑质量关，和大家一起参加植树劳动，陪同主持项目的布朗女士等官员深入村户搞社会调查，到田间看树木长势。更难能可贵的是，孔繁森还亲自制定外宾活动日程、饮食菜单，既符合外交礼仪，照顾外国人生活工作习惯，又让他们品尝鲁西传统美食，展示地方优秀的民俗文化。40 多年前，聊城接待条件还很差，他尊重外宾早上洗澡的习惯，采取在房间加装简易的淋浴设施、人工用水桶往房顶水箱加注热水的笨办法，解决客人的洗澡问题。感动得外宾直伸大拇指，连声说:“孔，OK！”孔

孔繁森陪同联合国世界粮食计划署官员考察山东莘县马西林场造林项目

繁森靠他的真诚、责任和无微不至，展现了他出众的组织协调和接待服务能力，让他获得“民间外交家”美称。这些外国客人，都称孔繁森是“有趣的、有温度的朋友”，要离开聊城时，他们都和孔繁森难舍难分。

调出莘县后，他继续关心着马西林场，关心着2606项目，关心着这里的老百姓。他向时任县长王曙光交接工作的一项内容就是马西地区群众的饮水问题。目前，马西林场已建成南北长6公里、东西宽1.2公里的平原森林生态示范区，特别是夏季，浓荫蔽地，绿荫遮天，风清气爽，环境宜人，已成为聊城著名的森林公园、难得的“天然氧吧”和网红打卡地。

干部群众心中的贴心人

孔繁森没有架子，平易近人，从不摆谱。在莘县工作时才 40 岁左右，年轻点的干部职工都亲热地叫他“孔三哥”，年龄稍大一点的好多人都亲切地喊他：小孔。这样的称呼放在孔繁森身上没有半点庸俗气味和江湖义气，而是大家对他发自内心的尊重和亲近。

1983 年下半年，刚从县粮食局调到县委办公室当通信员的李建国，父亲不幸去世，撇下患病的母亲、正在上学的弟弟和 1000 多元的债务，生活的重担压在了这位 16 岁的少年身上，这个性格开朗、热情机灵的小伙子，一夜之间像霜打的茄子，整天愁眉苦脸、暗自垂泪。一天晚上，孔繁森把小李叫到办公室交给他一个信封，安慰他说：“这是 1000 元钱，你先拿去应急。你现在家里老的老、小的小，你要勇敢地把这份担子挑起来，整天这样怎么行！人这辈子，说不定遇到什么困难，以后有事你找我，不能再这样灰心丧气了！”李建国感动得哭了。

他知道孔繁森每月只有 80 多元的工资，王庆芝打电话要钱他都经常掏不出来。孔繁森买了一件新褂子，找来李建国，说：“咱俩个头差不多，这件衣服给你吧！”李建国忙推辞不要。孔繁森说：“你还没结婚，正是穿着讲究的时候，穿得精神，代表县委干部形象，也好找个媳妇。”说得李建国都不好意思拒绝了。

孔繁森是一个喜欢和人分享的人。孔繁森看到李建国是个高中生，字也写得不错，鼓励他参加高考，还为他找来辅导老师和材料。1984 年小李考上了山东省团校，三年后又考到山东省青年干部学院深造。在孔繁森的帮助下，县委机关有四名通信员通过考学转为国家干部，改变了命运。1991 年春节，李建国家中不幸失火，刚结婚置办的家具嫁妆化为灰烬。远在拉萨的孔繁森听说了，专门安排王庆芝送来 2000 元钱和两床新棉被。谈到这些，李建国总是说：“没有孔书记，就没有我的今天，我每前进一步都是他托着走过来的。”多少年来，他和孔家始终保持着家庭般的亲情。孔繁森同志纪念馆建成后，李建国从莘县县委调到聊城，兢兢业业从事孔繁森事迹的宣传工作，至今已经将近 30 年了。

孔庆福是位旅朝归侨，回故乡莘县时，举目无亲。再加上语言交流困难，生活没有着落。孔繁森了解到这一情况，主动帮助他联系工作。考虑他会开车，安排他到县委当驾驶员，妻子到国棉厂当了工人，并在县拖拉机站解决了住房。孔庆福一家吃不惯面食，孔繁森自己掏钱为他买了一大袋大米，让通信员送去，说是县政府给的。1989 年县委分配家属楼，孔庆福本来不够条件，孔繁森专门向有关领导打招呼，给予了特殊照顾。孔庆福说：“我在朝鲜就听说共产党好、社会主义好，但真正认识共产党和社会主义，还是从繁森书记身上开始的。”为照顾孔杰读书，孔繁森把儿子接到莘县上中学，吃住在一起。有天晚上，孔繁森为儿子检查作业，发现儿子用的本子是县委的工作笔记本，脸立即沉下来，问："这本子是哪里来的？"孔杰看到爸爸生气了，老老实实地交代："王会计给的。"一向和颜悦色的孔繁森严肃地说："公家的东西，是县委的伯伯叔叔办公用的，一张纸一根铅笔都不能随便拿，从小沾公家便宜，长大就会犯罪坐牢。"孔杰点了点头说："我以后再也不敢了！"这两个笔记本，没有用过的一本，他让孔杰明天一早给王会计送回去，用过的这本，做了孔繁森的工作记录本。1984 年 9 月，初中毕业的外甥洪勤来找舅舅孔繁森，让他在莘县找个好工作，孔繁森说："你这样的文化程度，进机关不行的。"最后，在电厂为他找了锅炉工的岗位。这活又脏又累，洪勤干了几天，要求换活儿。孔繁森教育他不要怕吃苦，要安心工作。孔繁森搬家时，有一张公家的旧床，不知被谁装在车上，孔繁森发现后，马上让人卸下车来留下。洪勤当时向在场的人提了句要床的事，工作人员就将那张旧床拉到电厂宿舍。孔繁森不知怎么知道了，要求外甥马上把床送回县委，并严肃批评了他："你睡觉没床，我给你买，怎么能随便拉公家东西。要都像你这样，社会还不乱了套！"

有一年春节，孔繁森让王庄集乡党委书记李富来为行署机关老干部送了六百斤韭菜，李富来再三交代送菜的人员不许收钱。孔繁森事后还是派人专门按市价送来了韭菜款，连送菜车辆的费用也一并结清了。

行署机关的『大办事员』

第七章

行署机关的『大办事员』

老母亲的"专车"

41 岁当了学生

从未谋面的救命恩人

1985年5月18日，聊城地委确定孔繁森调任聊城地区行署办公室副主任，不仅是平调，而且是排名最后一位的副主任。有人说："你在县里当副书记，也是个领导干部，有当官的感觉，在办公室就是当了主任，也是个跑腿打杂的，何况还是个副主任！你得有个适应过程。"孔繁森不以为然说："三百六十行，干什么都是为人民服务。我在县里也没找到有权有势的感觉，踏踏实实完成领导交给的任务就是了。"他分管后勤工作，车辆管理、接待、房屋修缮、安全保卫、家属区管理，非常麻烦琐碎。那时候，聊城经济比较落后，办公条件比较差，办公车辆少，机关里常常因为"争车"出现矛盾，他制定了"小事让大事、缓事让急事、人少让人多、近路让远路"的原则和提前预约的办法，解决了这一棘手问题。他还进一步完善了机关行政管理制度，促进机关管理走向规范化轨道。孔繁森还负责外事、侨务和旅游工作，他坚持"外事工作无小事"的理念，总是事必躬亲，细致到位。他分管行署招待所（东昌宾馆），连房间地面防滑、洗发液不好撕口、水果刀刀尖刀刃不能对着外宾，这些细节都能关照到。

从莘县搬家到聊城，孔繁森才算在城里有了一个稳定的家。当时，人们大都收入低，下饭店是一个奢侈的事情，另外，还有一个普遍的心理和习俗：乡下人和下级到城里人家或者领导家吃饭，说明请客的人重感情、待人厚道，被请的人有面子。要是在城里的人或者领导不在家里请客，或者在饭店叫菜，或者在饭店请客，则这家人，特别是这家女主人就会倍受非议，会说谁谁看不起人，家属连顿饭都不给做。因此，那时的干部，很少请客人到饭店，都是叫到家里，让夫人或者两口子一起做顿简单饭食。只有这样，才能主人心安，客人满意。

孔繁森朋友多，到家吃饭的多。王庆芝往往苦不堪言。孔繁森就对王庆芝说："庆芝，咱都出身于农民家庭，我原来是个工人，才当了几天干部，可不能让人家觉得咱看不起人。人没有难处谁愿低下头来求人，都是没法才踏进咱家门槛的，咱一定想方设法招待和帮助他们。"但这可苦了王庆芝。当时她已经在粮食局民主粮店上班，本身就够忙的，下班后再为客人做饭，实在忙得不可开交。天天有人来家找他，饭点儿要留饭，这是山东人的规矩。王庆芝只得拖着疲惫的身体，强作笑脸，迎接孔繁森总也接待不完的"不速之客"。

那时候，乡下找孔繁森办事的人，不仅要在他家吃饭，如果当天事情办不完，为省几块钱的住宿费，还要住在他的办公室里，每到临睡前，孔繁森都会打好洗脚水，嘱咐他们洗洗脚解解乏。据张维信回忆："我到聊城找到孔繁森同志，他总是热情接待。记得有一次，我本没想在他那儿住，他却说，你钱多了花不了了，非要住宾馆。他临走还给我交代拿条毛巾擦脸，拿条毛巾擦脚，提了两暖瓶开水，并给我一夹子饭票，告诉我，明天他有事下乡，让我到伙房吃饭，锁上门走就行。"

他是老百姓遇到困难时想起的第一个人。莘县县委一位司机发生交通事故，一不通知交警，二不去医院看伤，而是直接跑到行署机关，在办公楼下满脸是血地喊"孔三哥、孔书记"，仿佛遇到再大的事孔三哥都会帮忙，仿佛碰上再大的困难孔书记都会解决。以至于孔繁森的办公室，成了找他办事群众的"接待处"。无论工人、农民、认识或不认识的都纷至沓来，成为他的座上客，即使下班或休息时间都有人找。时间长了，就有个别领导好心给他提醒："繁森，你现在是个县级领导，别弄得办公地点跟个'人民来访办公室'似的，有的同事都反映影响机关办公秩序了。再说你办理这么多的事，自己也吃不消的。"孔繁森并没解释，只是在心里说："群众有事找我，说明人家信任我，不管认识的不认识的，我总不能把人家拒之门外，不理不睬吧。能办的事我不办，良心上也过不去。"

老母亲的“专车”

孔繁森只要有时间，就和父母在一起。特别是父亲去世后，他就把母亲接到莘县，调任聊城后，就和老母亲一起住。他说：“城里有暖气，老人在乡下冬天太受罪！”那时候，老母亲已经84岁了，在自行车后座已经坐不稳了。他有时间就借用行署伙房里的那辆地排车，拉着老母亲到街上散散心，到公园看看花，到河边晒晒太阳。其实，在那个年代，他分管后勤，给小车班说一句，用汽车很方便。司机们也都愿意主动帮忙。但孔繁森从不动用公车。有位亲戚说：“你这么有孝心，就不能灵活点，让你娘沾你点光，坐汽车沿街风光风光。”孔繁森笑了笑，顾及对方面子，没有直接回应那人，只是在心里说：“公车是用来办公事的，私事沾公家的光，那可不叫风光，那是让我丢人现眼呢。”

这年元宵节，聊城城区举行大型花灯展，孔繁森让武警班班长刘

孔繁森推母亲看花灯的地排车

永宏从伙房借来一辆地排车。孔繁森在地排车上铺上厚厚的被褥，把老母亲抱上车，又给她盖上一件棉大衣。等一切收拾妥当，母子俩高高兴兴出了门。出机关大门时，门卫给他打招呼：“孔主任，带大娘出去玩玩，怎么不派个车？”孔繁森乐呵呵地解释：“你大娘不喜欢坐汽车，嫌闷得慌，不如这个专车看风景敞亮，停停走走又方便，还能跟熟人打招呼拉拉呱。”东昌路上，灯如海、人如潮。各式各样的花灯斑斓多彩、相映生辉。特别是地委门口到手表厂一带，形态各异的彩灯，飘动着灯谜彩条儿，吸引着惊喜的目光。嫦娥奔月、麻姑献寿、福禄寿三星、齐天大圣、八仙过海，直看得老母亲眼花缭乱，笑得合不拢嘴。街上，锣鼓喧天，舞狮子、踩高跷的巡游；天空，礼花盛开，璀璨夺目。看到老母亲好久没有这么高兴过，孔繁森浑身的疲惫也烟消云散了。孔繁森用地排车推着老母亲看花灯的照片，见证着孔繁森的孝廉品德，无意之中成为留住记忆的文物，至今仍然感动着无数观众。

41 岁当了学生

孔繁森多次对孩子感慨：这辈子最大的遗憾，就是没上过大学。困难时期上的技校，半工半读的方式，一边建校、一边学习，和系统正规的课程学习无法相提并论。业余学习和急用现学，效果也还是大打折扣。从莘县调到机关，往下跑的任务少了，在办公室的时间长了，他就利用一切空余时间学习。所以，当人事部门告诉他，中央党校招收函授学员，可以免试录取不脱产学习的消息时，他喜出望外，在行署机关第一个报了名。1985 年 8 月，孔繁森成为中央党校函授学院山东分院聊城学区党政管理大专班一班正式学员，开始了为期三年的系统学习。

据他同班同学史永忠回忆，孔繁森在班里年龄是比较大的，办公室的工作也比较繁忙，正常上课时间难以保证，有时听着课就被叫走了。他都是抽空挤时间听课，有时开完会，都快下课了，他也要骑着自行车抓紧来教室，争取多听一会儿。当时班里县级干部是少数，他的认真和遵守时间，在班里是数一数二的。因为是不脱产学习，班里五六个学员难以做到学习和工作两兼顾，三年的学习没有坚持下来。

一年冬天，北风呼啸，天气突然降温，教室里还没来得及采取取暖措施，老师和学生冻得受不了，有的说，坐着听课太受罪，下午就不来了。没想到，下午上课时，同学们发现，孔繁森牺牲午休时间，带着机关后勤维修人员，把这排教室所有后窗户，都钉上了防风的双层塑料布。孔繁森还专门托人在东北买来一只落地钟，放在家里客厅最醒目的位置，就是为了提醒孩子遵守时间、珍惜学习时光。他对孩子说：“爸爸 41 岁了，和你们一起当学生，咱比赛谁的进步快，谁的学习成绩好。”

从未谋面的救命恩人

1986年夏天的一个下午，聊城地区粮食局职工李明岩在聊莘公路上，被一辆疾驰的摩托车撞倒，头部摔伤、口鼻出血，昏倒在血泊之中，肇事者仓皇逃逸。有热心人拦车，但拦了几次都没奏效。正好赶上孔繁森乘车下县路过，立即下车问清情况，马上安排司机和同事往车上抬伤员。随行人员担心地问："孔主任，别救不活，死在咱车上，多丧气。"孔繁森一摆手，说："人命关天，必须救人……"司机又担心地停下，怕被人赖上。孔繁森回答："要赖，赖我，赖不着你，快救人！"担心伤者头上的血弄脏车里，孔繁森脱下自己的外衣，包上他的头揽在自己怀里。

汽车直奔聊城市人民医院，孔繁森利用熟人关系，联系抢救。看到孔繁森忧心如焚的样子，医生护士都认为伤者是孔繁森的亲属。经过70多个小时的突击抢救，李明岩终于苏醒了过来。醒来之后，医院的护士告诉他获救的经过，说：“多亏孔主任救了你，要是再晚一点送来，你就没命了！”李明岩出院之后，专门带着礼品、领着老婆和孩子到孔繁森家致谢。正好赶上孔繁森不在家，李明岩就向王庆芝磕头，流着眼泪说：“要不是孔主任，家里早给我发丧了。”李明岩妻子也说：“俺全家就他一个顶梁柱，要是没了他，这个家就塌天了！”大人孩子跪了一地。王庆芝把他们一一拉起来，说：“他是党员，还是个干部，谁遇到难处他搭把手，是应该的。”王庆芝坚决拒收李明岩带来的礼品，说：“他的脾气我了解，他绝不是图报答才救你的。他给我们家定了规矩，你们留下东西，他回来会不高兴的。为了让我不受埋怨，你们还是把东西都带回去吧。”

以后，李明岩逢年过节都带着礼品，看望孔繁森的老母亲和孩子，王庆芝总是和李明岩第一次来家一样，东西却半点不收。也许，李明岩命中注定要和孔繁森擦肩而过，几次到家拜访都扑了空。再后来，孔繁森就去了西藏，见面就更难了。他留意着、打听着孔繁森回来的消息，多么渴望和救命恩人见上一面，说上几句话，握上一次手。只可惜，直到孔繁森殉职，他也没能和孔繁森见上一次面。

第八章

和林业结缘

两箱红富士苹果

小树林里紧张备考

打了个林业翻身仗

聊城跨入全国平原绿化先进地区

1986年11月，孔繁森被任命为聊城地区林业局局长，提拔为正县级，工资由114.5元涨到133元。这一任职决定，主要是考虑到他从莘县开始，就一直负责2606项目，有平原绿化造林工作经验，特别是他具备出色的接待服务和协调能力，和联合国世界粮食计划署的官员配合得很默契，调到地区行署办公室仍负责外事接待；另外，他和国家部委、省有关厅局也都很熟悉。2606项目实施几年后，也面临着利用外资进行二期后续建设，继续争取国际支持等重大问题。孔繁森是承担着这一使命上任的。

当林业局的干部群众等着他发表施政纲领，看这个新官如何烧好上任后的“三把火”的时候，他却除了参加上级的会议之外，一个大会都没开，整天往县里跑。远途，他就坐长途汽车；稍微近一点的，他就骑着自行车出行。当时，在平县的博平、肖庄一带，发生枣虱子等病虫害，他带领技术人员实地考察，一天跑了6个乡镇、20多个村庄，行程50多公里，回到聊城都晚上9点多钟了。第二天，跟他下乡的技术员，不好意思地问：“局长，我昨天屁股都磨破了，你呢？”孔繁森笑笑，没直接回答，只是幽默地回了句：“你以为局长的屁股是铁打的。”为控制病虫害的发生，他亲临现场指导枣农采取防治措施，一有空就到这些地方走走看看，先后骑车到过20多个乡镇、100多个村庄。

他虚心向专业技术人员学习，把不懂的问题一一写在笔记本上，不懂就问，从不顾及自己的面子。他从不让办公室人员写讲话稿或者撰写汇报稿子，都是自己动手，常常一个人写到大半夜，有时饿得受不了，就麻烦通信员路学山给他搞点吃的。不到半年时间，他提包里随时携带的那本《鲁西平原林地土壤培肥及适地适树研究文集》都被他翻烂了。孔繁森深知在林业局这个专业性极强、知识分子成堆的地方，没点儿真才实学，光靠工作热情，不能当好领导。他经常说：“我一个技校生当局长，底子不行，只能发奋学习。”他主持制定了聊城林业发展规划和从造林到护林、从育苗到砍伐、从砍伐到加工一系列规章制度，大力开展治沙造林、沿黄绿化、全民义务植树活动，创造性地开创了全区林业生产新局面。

半年后，孔繁森问路学山：“小路，人家都说你是个老实人。你说说，对我来咱局里，大家当时有啥反映？”路学山诚实地说：“有说好的，也有说不好的。”孔繁森笑了，好像意料之中，说：“好的你就不用说了，你就拣不好的说吧。”路学山说：“有人说咱局这么个摊子，姥姥不疼舅舅不爱，他一定是干得不行，行署领导不满意，才被贬到这里的。也有的说，他是干宣传出身，在咱这技术部门玩不转。这是知识分子成堆的地方，他一个学电工的技校生怎能干好工作呢？耳朵上挂镰刀——悬！你还记得你的自行车被拔气门芯和扎轮胎的事吧，那是几个小子跟你下乡累坏了，想出的逼你坐车下乡的馊主意。”孔繁森听到这里，开怀大笑起来，拍着路学山肩膀说：“小路，你真是个实在人。”可路学山不放心地叮嘱孔繁森：“我什么都跟你说了，你可别治那几个家伙，要不我就暴露了。”孔繁森笑得更厉害了：“路学山，你小子，我有那么小心眼吗？”

两箱红富士苹果

孔繁森15岁就离家上了技校，穷和累是故乡留给他刻骨铭心的记忆。但他始终没有忘记报答家乡这片土地，想办法让家乡富裕起来。当了林业局局长后，这个机会终于来了。

山东省在全省推广胶东短枝型红富士苹果种植技术，在各地市培养典型试点，得知这个消息，孔繁森马上回到五里墩找村干部商量引种。村干部们心存疑虑，对新生事物产生本能的排斥。胶东山坡上的树，种在盐碱地，万一失败了怎么办？村里最缺的是买卖人，苹果卖不出去怎么办？这一串串问号，一系列的问题，困扰着村民。在相对封闭、小农意识强烈的落后农村，发展点新鲜事物，难上加难。孔繁森给村干部一个个做工作，一户一户走访，希望有眼光的党员干部和近亲带头，但两天下来，收效甚微。

这天，孔繁森带着一群人拉着两个大纸箱子，停在村里的十字街口。村里的人看到孔繁森，都纷纷围拢来向他打招呼，一会身边就围满了人。大家好奇地看着孔繁森带来的人和两个纸箱子，闹不清他葫芦里卖的什么药。看到大家纳闷的样子，孔繁森这才打开箱子，拿出一个又红又大的苹果，这样大的个头，这么漂亮的颜色，乡亲们很少见到。这个问："这是啥苹果，个头怎么这么大！"还有的直接问："好吃吗？"孔繁森拿过一把水果刀，把苹果切成几块，分别递到乡亲们手中。然后大声对大家说："这就是我上次回家给大家介绍的红富士，是从日本引进的优良品种，个又大，又好吃，价格还贵好几倍，人家烟台那里种了好几年了，都发了大财。现在咱聊城、莘县的村也有种植成功的了，政府号召老百姓大力种植发苹果财，我这个林业局局长先给老家开个后门，有愿意种的，我们帮着联系树苗、包教技术，大家看看怎么样？"他指着带来的几个人，一一介绍，谁是果树技术员，谁是苹果种植户，说："谁有什么问题，谁还有什么顾虑，直接问他们，他们都能当你们的致富顾问，能解答你们所有的问题。"乡亲们一边品尝着苹果，一边向孔繁森带来的人员询问着。等两大箱苹果分吃完，大家心中的疑团也烟消云散了，纷纷报名订购树苗。孔繁森不失时机地安排村干部搞好登记，小小村庄出现了少有的热闹景象，形成了苹果种植的小高潮，甚至有性急的人兴奋地骑着自行车，把这个消息告诉邻村的亲戚朋友。不到两年时间，五里墩和附近村庄发展短枝型红富士达五六百亩，几百年来习惯种玉米、小麦、高粱的老百姓，第一次靠种果树发了财。

多少年后，乡亲们说起这件事，都忘不了感谢孔繁森："多亏了人家繁森，有好事不忘村里的乡亲。"而孔繁森这样解释："中国老百姓多灾多难，受苦受穷怕了，有风险的事哪怕再好，也担心出一点闪失。

在落后的农村发展项目就需要有个带头的。这会儿，我就让五里墩带这个头儿，老百姓吃到甜头，看到现实利益，比发文件、开大会效果还好。古人说，己所不欲勿施于人，你孔繁森是地区林业局局长，发动大家干的好事儿，你老家怎么不干？”孔繁森深知中国农民普遍存在怕失败、怕赔钱、求稳妥的心理，用一个全村体验现场会，打开了老百姓想干又不敢干、不会干的心结。在孔繁森任职的两年里，全地区果树种植面积由原来的 20 多万亩，增加到 80 多万亩。

小树林里紧张备考

有一个星期天，路学山看到孔繁森自行车车筐里放着暖瓶、面包和书籍，匆匆向外走，忙问他："孔局长，干什么去？如果有要紧事找您，怎么回应？"孔繁森说："今天，没有什么急事，我找个僻静地方去学习，下周要考试了。有人找我，你实说就行，没急事，星期一再找我！"路学山说："好不容易赶上个星期天，你好好歇歇，也放松放松。"孔繁森说："我底子差，平时老师讲的，都没空消化，趁考试强化一下记忆。"路学山凑到孔繁森跟前，小声说："我给你出个点子，保准你考试门门优秀。"孔繁森一听来了兴趣，路学山说："咱局里最近分配来几个大学生，你把课本交给他们，让他们替你去考，保准圆满过关。"孔繁森反问："知道什么叫掩耳盗铃吗？亏你想得出这样的馊主意。你挺聪明的脑瓜儿，怎么不用到正经地方呢？学了知识是自己的，骗别人最后骗自己。一个领导干部连学习都不能认真带头，怎么都让群众口服心服呢？”路学山辩解说：“人家不是好心吗？”孔繁森边走边说：“我去城西窑坑后的杨树林子，有要紧事去喊我。”就这样，他在小树林里，一学一整天，直到夕阳西下。

后来，孔繁森的毕业考试成绩为：政治经济学 91 分，党建 88 分，企业管理 80 分，实用数学、国际政治等课程均为合格。毕业论文《浅谈林业在聊城经济发展中的地位》获得优秀论文。两个月后，他收到了中央党校编号为 13644 的毕业证书。中共中央党校函授教育十周年之际，孔繁森的论文被追评为优秀论文一等奖。

据当年为孔繁森授课的刘继孟（聊城市委党校原副校长）回忆，照毕业合影时，孔繁森穿一件军大衣站在后排旁边，有人说他是县级干部，请他坐在前面，他坚决不坐，他说：“县级干部也是党校学员，哪有学生和老师平起平坐的道理？”

打了个林业翻身仗

在历史上因出产阿胶而享誉中外的东阿县，因引黄河水造成大量沉沙给当地造成深重灾害。这里有引水量山东省最大、全国第五的位山灌区，承担着540万亩农田的灌溉和引黄入冀、引黄济津（天津）的跨流域调水重任。灌区在调出黄河水的同时，形成的占地3.5万亩、总泥沙量达3.66亿吨的池区，是黄河下游乃至世界上最大的沉沙池。池区除了黄沙弥漫的居住环境之外，长期沉沙、清淤弃土导致流沙遍地，草木稀疏，几乎天天遭遇沙尘。生产生活生态环境差，交通闭塞，基础设施不完善，区域内农业生产受到严重影响。农民收入增长缓慢，工业、商业发展不足，池区民众长期处于贫困状态，甚至有的村庄多次迁移，是典型的因沙致贫重点片区。

一天一人二两土，白天不够晚上补。

关上门闭上窗，不误晚上喝泥汤。

大风一刮不见家，年年庄稼被沙压。

这些当地民谣，形象地描述了黄沙给这里的人民生产生活带来的严重影响。孔繁森经过两个多月的现场调查研究，决定从林业生产最落后、生态环境最差的东阿县入手，反弹琵琶，倒推全地区林业生产，开创新局面。

谁知孔繁森的想法，在局班子会上一提，大家一致表示反对。有人说："局长，干工作要讲究方式方法，先易后难办法最好，先把好的典型抓起来，先进带后进，这样工作又好推进，又容易出成绩。你一上来，先找块硬骨头啃，万一啃不动，怎么办？"还有人说："聊城归山东管，省里的领导下聊城，都是从济南坐汽车沿公路往西来，你又不是没抓过林业，沙土上种树，又不保水又不保肥，难成活呀！把省领导来聊城检查必走的309国道，沿途绿化搞得好好的，树栽得多多的，又给咱地区领导长脸，又在无形之中汇报了咱林业局的工作，你怎么有粉不往脸上搽，却在黄河边子上种树？那里连公路都不通，哪位领导去那里检查工作？"

他预料到在会上肯定有反对意见，但没想到会如此一致。看到大部分同志都反对他的建议，他并没有着急，而是来了个缓兵之计，用缓和的语气对大家说："咱们都往长远想想，是干点工作让领导满意，还是实实在在为老百姓，沿国道的面子活儿该干好，为老百姓排忧解难的里子活儿更该干好！我向上级反映一下，听听领导们的意见。"他把班子的分歧向行署分管副专员汇报，分管的副专员一听就明白了，笑着说:“这是一场对上负责还是对下负责之争。你先分别做做大家的工作，让大家充分讨论。有机会我要去你们局里，帮助你统一一下大家的思想。思想不通，接下来的工作难做啊！”孔繁森听了领导的答复，心里一块石头落了地，高兴地说:“有了您的支持，我心里就有底了，要不，这第一炮真可能哑火啊！”

在上级领导的直接关怀下，孔繁森和他的班子成员们最终达成共识，确定在林业基础最差、造林工作最薄弱的东阿县实施突破。说干就干，他每天一早就赶到县里，在路边吃个烧饼、喝碗豆浆，就跑到植树工地，县乡领导和村里的群众都很感动，说:“孔局长为了咱老百姓，比干自己家里的事都上心，咱怎么好意思不卖力呢？”看到群众的积极性被发动起来，孔繁森因势利导，乘势推进，建议县委搞了6个乡镇的造林示范点。为推广东阿典型经验，他建议行署在东阿召开了全地区乡镇以上干部参加的林业生产现场会，在聊城大地上掀起了群众性植树造林高潮。一个冬春，聊城就出现了88个造林面积千亩以上的乡镇。

聊城跨入全国平原绿化先进地区

山东省茌平县委书记徐士高是一个敢于担当、很有魄力的领导，他在山东夏津县担任县委副书记的时候，就冒着很大的政治风险，在中央没有明确文件规定允许之前，大胆支持推广家庭联产承包责任制，使那里成为山东省较早实行大包干、农民富起来的地方之一。赴任茌平之后，他决定发挥这个县“圆铃大枣之乡”的品牌优势，在林业生产上打个主动仗。他在山东农学院园艺系毕业多年，在有丰富林业经验的县长孙宗安，县委常委、副县长徐宝琪等人的鼎力支持下，制定了在全县范围内大力发展1000万棵大枣、1000万棵果树、1000万棵用材树、6000万吨黄花菜的“1116规划”，并做出将24万亩枣粮间作田承包给专业户，向承包人颁发了林权证，50年不变的决定。刚刚上任的孔繁森和徐士高一拍即合，两个人为了一个共同目标，合力推进这项功在当代、利在长远的绿色事业。孔繁森多次到茌平现场调研，在大会上发言，帮助解决林业方面的具体问题，邀请专家实地考察，利用一切机会向外向上推荐介绍茌平经验。在具体的工作配合中，徐士高对这位比他小 15 岁的地区干部非常欣赏和尊重，两个人从此成为无话不谈的朋友。经过三年的努力，茌平县跨入全国平原绿化先进县、全国圆铃大枣生产基地县、全省造林绿化先进县行列。

1959 年春天，朱德副主席乘飞机经过高唐上空，发现机翼下面有好大一片沙地，没有一点绿意。这是清平城北，千百年来黄河两次改道遗留下的自然景观。数万亩荒地沙丘起伏，黄沙漫漫，衰草丛生，一片荒凉。他询问身边的工作人员，这是什么地方。回答说是山东的高唐县。朱德自言自语说："齐鲁大地上还有这么一大片沙丘，不应该啊！"回到北京，他马上打电话给山东省政府负责人，建议采取措施根治沙荒。从此，在各级党委领导下，开始了漫长的沙荒治理。到 20 世纪 80 年代，已经建成初具规模的国营林场。孔繁森上任后，连续两次以地区林业局的名义，协调高唐县政府免去清平镇全镇去外县出河工的任务，留下全镇劳力利用冬春农闲季节挖渠、栽树、修路，这给镇里的林业发展帮了大忙。即便是远在阿里，他还几次给镇上的副书记田玉祥打电话，询问林场的沙荒治理情况，亲自联系天津一家生产坦克的军工企业，为清平改装大马力推土机，解决了推平沙丘的大型机械问题。

在他的努力下，全地区坚持经济林、生态林一起抓，发展枣粮、桐粮间作，建立果品生产和用材树林基地，形成了综合防护林和立体高效生态体系。落实林业项目 62 个，经济林总量从 30 万亩增长到 71 万亩，林果总产值从 0.8 亿元增长到 3.28 亿元，林木蓄积量从 250 万立方米增长到 358 万立方米，森林覆盖率从 14.12% 增长到 16.4%，聊城市林业工作由全省17个地市后三名跃居前三名，荣获“全国平原绿化先进地区”称号。

孔繁森担任林业局局长不久，原农业部、原林业部联合邀请14个国家的代表来聊城的莘县、冠县故道区考察2606项目，这次考察事关几年来项目绩效的评估，也关系到二期工程的接续投资，在一定程度上还有重要的国际影响。山东省委、省政府以及聊城地委、行署的领导都高度重视，把整个接待任务都压在孔繁森身上。筹备会上，孔繁森反复强调：外事工作无小事，万一出点纰漏，直接影响的是国家形象和声誉。

在田间现场考察时，外宾一上车，孔繁森就从聊城的历史沿革、风土人情，讲到经济发展现状，林业发展的特点和中长期规划，生动的例子、准确的数字、风趣诙谐的语言，引发车内阵阵掌声。考虑到长途乘车比较单调、疲劳，孔繁森在沿路经过的地方，不时夹杂一些当地民俗文化的传说、笑话，为活跃车内气氛，驱散旅途的寂寞，他还带头唱起藏族民歌和河南豫剧，外宾们虽然欣赏不了中国的文艺，但却在孔繁森身上看到中国林业官员科学严谨的敬业精神和热情诚挚的待客之道。

“这里是莘县大王寨乡的造林现场，原先是一片高低起伏、连绵不断的沙丘，从1982年开始实施国际援助资金造林项目，如今是大家看到的这番景象。树种是I–68和I–72毛白杨，种植时先挖掘一米半宽、一米深的沟，然后在沟底挖30厘米的树穴，树苗必须符合高4米以上、胸径3厘米以上、生长两年以上三个条件。安排的株行距是3米 ×4米，现在平均树高11.5米，胸径9.8厘米。”孔繁森站在生机勃勃的白杨林中，抚摸着白杨树挺直的树干，向客人们如数家珍、娓娓道来。

横成行、纵成列的杨树林，像整齐威武的仪仗队，迎接着远道而来的贵宾。遮天蔽日的林荫，覆盖了往日漫漫黄沙。树杈上，可看见玲珑精致的鸟窝，树下曾经寸草不生的沙土地，开始铺满茵茵绿草和烂漫野花。这些人不少是项目开始时就来过的，故地重游，深感变化巨大。他们用手比量着，用仪器测算着，纷纷向孔繁森表示祝贺，说："还是社会主义厉害，短短几年，你们在一片荒漠上创造了林业奇迹！"考察团长亚历山大的夫人，悄悄对丈夫说："你看孔先生看树的眼神，就像看着自己的爱人和孩子。"亚历山大耸了耸他宽厚的肩膀，主动和孔繁森紧紧握手，伸出大拇指夸赞说："孔，了不起，中国人，了不起！我回去一定向联合国总部报告，世界粮食计划署的投资在中国产生了实实在在的效益。"他还拉着夫人，和孔繁森一起留下一张珍贵的合影。

冠县地处鲁西平原，鲁冀两省接壤处，是山东省的西大门。历史上，西部有古黄河留下的百里故道，东部有马颊河岸边的盐碱涝洼，"沙龙""碱虎"成为长期困扰这个区域人民的突出灾患。当孔繁森带领考察团来到这里，早已不见沙弥土漫、盐碱侵蚀的荒凉，代之而来的是白杨林立、果树成片，沟渠路旁树成行，林网环绕青纱帐的景象。孔繁森用简略的语言概括了这里的造林经验，这就是"设计规范化、苗木标准化、施工程序化、管理专业化"，孔繁森带着大家走进树林，感受大地园林化给这里带来的生态变化。当进行到农户访问环节时，考察团高级官员布朗小姐征求大家是否有必要进行深入的调查时，团员们纷纷表示：考察可以结束，合作必须继续，赶紧上车，我们要去品尝孔先生为我们准备的冠县酥肉。此后，该县的造林项目经过两期建设，历时 9 年，合计造林 7.83 万亩，圆满实现了投资预期。那几天，孔繁森每天只睡两三个小时，为应对专家咨询和可能的提问，强化记忆关键数字，他熬红了眼睛，累哑了嗓子，考察团走后，他就累倒了。

1988 年 1 月，正当孔繁森在北京为胶合板生产项目立项东奔西跑时，中共聊城地委组织部书记王乐泉一个电话，把他调回聊城，他不知道这是因为他突出的政绩，被确定为副专员；更不知道又一个新的考验，正在命运的十字路口等待着他。

第九章

再别亲人上高原

又一次面临艰难抉择
他一跺脚，向没有路的地方走去
娘，咱是党的人，咱得给公家办事啊！
拉萨的条件仍然极为艰苦
最揪心的事是教育
面对当时的医疗条件，孔繁森忧心如焚
小药箱仍然是他离不开的宝贝
尽孝“人之老”
为了两个孤儿，孔繁森三次偷偷卖血
他宿舍的钥匙还是放在门框上面
在高原，第二次与死神擦肩而过
拉萨街上的狗都不咬孔繁森
世界上最会过节省日子的副市长

又一次面临艰难抉择

望着坐在轮椅上 87 岁的老母亲，孔繁森陷入痛苦的思索中。他面临着的这次选择，比 7 年前更为艰难。老父亲 1985 年去世后，母亲的身体一天天衰弱，原本中等偏上的个头儿，瘫痪后身子萎缩得像一个七八十斤的孩子，意识一会儿清醒，一会儿模糊，吃喝拉撒都得靠人照料。哥哥嫂子姐姐年龄都大了，多年前也都当了爷爷奶奶，身体也不好，生活在农村。作为母亲最小的儿子，无论从哪个方面讲，他都应该多承担一些。何况，孔繁森长期在外工作，头几年都是妻子和兄嫂照顾得多，现在回到机关，理应多伺候老人。妻子王庆芝因长期繁重的农活积劳成疾，身体也很孱弱，大女儿远在新疆当兵，孔杰、孔玲正处在考学的关键时候。这个时候，他确实没有足够的勇气离开他们。

这次地委组织部的电话，把他从北京调回，就是因为山东省委按照中央要求，即将派出得力干部，支援和加强西藏工作。在确定带队人选时，提出“副厅级干部、45 岁左右、有在藏工作阅历”的三个条件。中共山东省委领导想到了一个合适人选孔繁森。当把这个选拔条件告诉中共聊城地委书记王乐泉时，王乐泉第一个反应就是孔繁森，但他马上犹豫了起来：繁森同志确实是最佳人选，出色完成任务肯定没问题，不过，他老母亲年龄很大了，听说坐上轮椅了，能不能去，必须找他本人谈谈，征求一下意见。

“感谢党组织信任，又给了我一次为藏族人民服务的机会。我对西藏有感情！”这是听了王乐泉传达的省委组织部的意见后，孔繁森说的第一句话。

王乐泉说：“这次主要是提前摸摸你的想法，去还是不去，可以先给家里商量一下。你有什么困难可以向组织提出来，最后确定去留，还要等正式通知。”

孔繁森诚恳地说：“既然是这样，我先表明态度，作为一名党员，时刻服从组织安排。我的家庭情况确实存在实际困难，家属孩子好说，有什么困难，有我那些亲戚朋友帮一下，都能过去。就是老母亲生活已经不能自理，俗话说，七十不保年，八十不保月，87 岁的人啦，不知道还能不能等到我五年回来！王书记，我做好两手准备吧。如果组织上能找到别的同志，我就在聊城干好工作；如果到时候还没有确定好人选，一声令下，我马上出发！”

王乐泉对孔繁森的态度表示满意，向省委组织部汇报了谈话情况。孔繁森也私下里和几位知心的领导和朋友透露，上级向他征求意见的情况，这些人无一例外地表示，鉴于家庭的实际困难，还是向组织如实说明情况，婉言谢绝。有人说得更直白：“你已经是副专员了，这次还是平调，没有必要再吃二遍苦，受二茬罪！”对这些好心劝告，孔繁森没有直接回答，而是在心里权衡：是家事重要，还是国事重要。在面临公私考验的关键时刻，他应该把感情的天平倾向哪一方？想一想那些急需帮助的藏族群众，想一想那些公而忘私、舍己为公的英雄模范，他在一夜之间找到了答案。

但真到省委组织部正式下了通知，马上就要离开家的时候，那种难舍难分的别离之苦，确实在日夜煎熬着这条山东汉子的心。

他一跺脚，向没有路的地方走去

孔繁森不知道该如何向王庆芝开口，真的不忍心说出自己再次进藏的决定。他只是比平时更早回家，帮着王庆芝伺候母亲，照料孩子，处理家务，同时大展厨艺，让一家人吃上可口的饭菜。这天晚上，他对王庆芝说："这几年，你太辛苦了，我都没带你出过门。这几天，我上北京办事儿，顺便带着你和两个孩子去玩玩。"王庆芝惊奇地说："这回怎么太阳从西边出来了？你这个工作狂，倒想起俺们娘几个来。"孔繁森说："你看你，没空陪你，你埋怨，想陪你了，你还说这种话！你不是经常念叨，没去过北京，没坐过火车吗？这次让你过把瘾。"听了这些，孩子们都高兴得蹦起来。王庆芝尽管心存疑虑，还是决定一家人到北京游览一下，这个机会毕竟太难得了。

孔繁森带领一家人参观了天安门广场，在天安门前拍下很多合影。他们全家游览了首都的名胜古迹，还专门参观了万里长城。孔繁森鼓励孩子们好好学习，将来到北京上大学。还对孩子们说：“北京是世界上最好的地方，以后不论走到什么地方，就想起我们一家在北京的快乐日子，就不想爸爸了。”这时，王庆芝在孔繁森的话语里品出点味来，证实了邻居们关于繁森又要进藏的传说。她怕影响孩子们的游览兴致，只得把所有的疑问和怨气暂且埋在心里。

离开北京的那天晚上，王庆芝做了一个梦：梦见天上下着雨，依稀是五里墩村外的情景。孔繁森浑身湿淋淋的，站在一个十字路口来回徘徊，好像在选择方向。最后看到他仿佛下定了决心，一跺脚溅起一洼泥水，向没有路的西南方向走去。王庆芝拉也拉不住，喊也喊不出，一着急惊醒了。看到身边的孔繁森并没睡着，就随手拉开电灯，给他说了刚刚做的梦。王庆芝直接问道：“你有什么事瞒着我吧？”看到孔繁森欲言又止的样子，王庆芝说：“为什么平白无故地来北京玩儿？”一向说话痛快利索的孔繁森，这次却支支吾吾地向王庆芝说明了上级安排二次援藏的前因后果。

王庆芝问：“娘怎么办，你不挂着她？今年小静要退伍安置，小杰要考高中，玲玲要升初中，都是关键时候，你这一走，我们怎么办？”孔繁森说了一段让王庆芝无法拒绝的话：“这就是我作难的地方。你就多受累吧，你现在吃苦孝敬咱娘，五年后，我回来，再好好‘孝敬’你。两个孩子你就多操心吧！”

一个满怀歉疚，充满不舍；一个心存牵挂，无限忧伤。这对即将天各一方的夫妻相互依偎，一夜无话，直到天亮。

娘，咱是党的人，咱得给公家办事啊！

离家的时刻到了，聊城行署家属院的胡同里，挤满送行的人们。屋内，孔繁森在和轮椅上的老母亲进行临行前的话别。

“娘，我又要出趟远门了！”

“你这是干什么去？”

“去外地学习。”

“你又不是上学的孩子，还学什么习？”

“这是上级安排的。”

“往哪里去？什么时候回来？”

“到老远的地方，要翻好几座山，过好几条河—— 一年半载的才能回来。”

“三儿，咱不去不行吗？娘怕等不着你啊！”

“不行啊娘，咱是党的人，咱得给公家办事啊！”

“唉，那就去呗，公家的事儿误了不行，多带点干粮、衣裳，路上记着可别喝凉水啊！”

儿子年龄再大，在母亲面前也是孩子。儿行千里母担忧，听到母亲说的这些话，孔繁森强忍着眼中的泪水，心如刀绞，扑通跪倒在地上，给母亲磕了个头，拉上屋门，一边抹泪，一边走出院子，强作欢颜给众人打招呼。等车子驶离家属院，孔繁森再也抑制不住内心的伤痛，尽管双手捂脸，一再压抑着呜咽，泪水还是从手指缝里流了出来。

“咱是党的人，咱得给公家办事啊！”这就是孔繁森十分朴素而又极其高尚的价值观念和感情逻辑。他经历想去、不能去、还是要去的痛苦抉择，才下定决心第二次进藏工作。在飞机上，他在笔记本上写下的“人在空中悬，心在故乡边，山川美如画，思情心中添”的诗篇和“吾在蓝天中，心已把家还”的句子，透露出他决意离家远行又难舍难离的矛盾心理。

拉萨的条件仍然极为艰苦

1988年10月21日，孔繁森带领山东32名干部乘飞机到达成都。休整几天后于10月26日下午1点17分飞往拉萨，飞行一个半小时，到达贡嘎机场，再次踏上他魂牵梦绕的土地。从他的日记看，到达拉萨的第二天上午，他们就听取了关于西藏自治区经济社会情况的全面介绍，下午自治区主要领导接见了他们。11月13日，市长办公会确定领导班子分工，孔繁森分管办公厅、监察局、教育、卫生、民政等工作。

没有来得及做身体上的适应性休整，孔繁森立即投入了战备值班（当时拉萨街头治安形势也很严峻，骚乱分子在八角街打砸抢烧，市民提心吊胆，不敢出门，孔繁森在给王曙光的信中说，为了国家和民族利益，他做好了牺牲的准备），第二周就下乡了。他和藏族同志一起，利用39天的时间，跑遍了拉萨48所学校、13家医院和大部分的敬老院，没吃过一次青菜，大部分时间是吃糌粑、喝酥油茶，还吃了两顿风干的生牛肉。虽然艰苦的生活条件使孔繁森的体重减轻了6斤，消瘦憔悴了许多，但这些经历却让他掌握了基层工作的第一手资料。

除了高原缺氧对身体的影响之外，吃饭仍然是最大的难题。因为物价很高，援藏干部只得买个汽油炉子自己解决吃饭问题。街上一碗面条就8元，青菜市面上很少，更是贵得离谱。青菜每斤都在10元以上：青椒每斤12元，韭菜每斤14元……而猪肉每斤8元钱，牛羊肉每斤10元多点，所以，当时在拉萨流传"有钱人吃菜，没钱人吃肉"的说法。尽管食堂有中灶，孔繁森也总是有空就自己做饭，省一点是一点。

孔繁森关心别人，别人也关心他，他为那么多的人做了那么多的好事，那么多的人也在关心着他，牵挂着他。来到拉萨之后的两个月内，他收到来自家乡的90封信，17张明信片，这极大地鼓舞了他在遥远雪域安心做好工作的信心和斗志。他对同事说："我要干不好工作，实在无法报答这么多同志、朋友的信任和挂念。"

不到三个月，一起来拉萨的32位同志，有7位住院，5位同志的身体实在不能适应高原的工作和生活，只得提前返回山东。而孔繁森却顽强地面对严酷的环境，像高原上的红柳，根扎得越来越深，生命力越来越旺盛。他在致刘平（时任聊城地区行署秘书长）的信中，字里行间充满乐观自信，他说："我觉得我有个小小的优点，即适应性比较强，人没有受不了的罪。"这一年的春节，他在高原上度过。看望完值班执勤的干部战士，送走聚会的同事，他写下"夜静四无邻，犬声扰我心，思乡思亲友，更思老母亲"的诗句，表达内心的寂寥和思念。在日记中，他还写下《思妻》，表达了对王庆芝的思恋：

虽然我们远隔万水千山，两颗心儿一线相牵。回想起二十年历程，充满艰辛和坎坷，充满了酸甜苦辣咸。青年、中年到老年，悲也是喜，苦也是甜。

他把对母亲、对妻子、对孩子、对家乡的爱，深深埋在心底，把对祖国和人民的大爱，全部奉献给西藏这块土地。

最揪心的事是教育

由于藏族群众长期受封建农奴制压迫，失去了受教育的权力，因而教育意识淡薄，不重视教育，很多农村中学甚至出现有开学、没毕业的窘境，学生大量流失。实行家庭联产承包责任制以后，农牧民看不到知识改变命运的好处，更愿意让孩子辍学帮助家里种地放牧。偏僻的牧区，计算孩子的年龄，用“会赶乌鸦了、会捡牛粪啦”来判断大小，许多成人还在用结绳记数的原始方法来记账记事。孔繁森在当雄县调研，发现这个县适龄儿童入学率为21.85%，三年级以上入学率仅为7%。尼木县2.48万人，文盲13767人，半文盲3725人，两项相加占总人口的70%。

要想有好的教育，首先要有好的教师。乡村教师状况更令人担忧。当雄县羊八井公办小学有11名教职工，其中，初中毕业生4名，小学毕业生1名，没有一个人通过教材教法考试；尼木县有专职教师200

人，其中大专毕业的只有 7 人，占 3.5%，中专、高中毕业的 39 人，占 19.5%；林周县有大专以上文凭的教师只有 4 人。有的县小学数学老师只会教加减乘法，不会教除法。孔繁森在市长办公会上力排众议，在 20 个千分之三机动户口指标中，专门拿出 10 个来奖励拉萨市贡献突出的一线教师。他为内地藏族班争取追加办公费 200 多万元，筹资兴建了一处师资培训基地，还专门抽出时间到校为学生上烹饪课。笔者在他的工作笔记中，看到他召开班主任座谈会的记录，详细记录了每位老师发言的具体内容。一个分管教育的副市长，工作能细致到这种地步，是难能可贵的。

他对援藏教师高度概括地提出“四个一些”（起点低一些、讲解细一些、联系学生生活多一些、辅导的语言通俗一些）的具体要求，提高了课堂教学效果。他采取落实分包责任的办法，密切家校联系，抓学生流失问题，巩固入学率，保证毕业率。学校建设更是欠账很多，一是学校少，地广人稀的高原上，牧民的子弟想上学，无学可上。有的县一个乡都没有一所小学。尼木县是距离拉萨最远的县，1988 年隆冬，孔繁森乘坐着一辆破旧的吉普车在戈壁荒原上颠簸，200 公里的路程，走了 10 多个小时，到达尼木县时，太阳已经落山，孔繁森没让教育局局长打扰县里的领导，在街头用汽车挡着风，吃了点面包、饼干，算是用了晚餐，然后驱车直奔一所中学，接着召开座谈会。他的笔记本上记下这样一组数字：在校教师 31 人，学生 326 人，升学率 37%，教师住房人均 4 平方米。两个小时的座谈会，孔繁森记了足足十多页问题。他越听眉头皱得越紧，越记心头越沉。抬头看一眼时钟，已经是晚上 11 点钟了。他听说全校有 101 个学生住校，只有 30 个铁床、其他人只有睡垫子的时候，他又让校领导打着手电，查看了学生宿舍和伙房，看到宿舍垫子不够，不少学生铺着柴草直接睡在地上，孔繁森眼里噙着泪水，对随同前来的干部说：“如果地上睡的是咱的孩子，你会怎样做，还吃得下饭，睡得好觉吗？”

孔繁森了解到这个县卡若乡有一座只有一名老师和6名学生的制南村小学，任教的女教师舍下家中的四个孩子，每天坚持爬四五里山路到校上课。对此，他很感动，决定到这所学校看望慰问一下老师和孩子。随行的同志告诉他，汽车到乡里往下就没有路了，中间还要翻过一座四千多米的雪山。他们对孔繁森说：“孔市长，我们通知那位老师到乡里，你接见一下，鼓励鼓励就可以了！”孔繁森摇摇头：“不可以，人家在那么艰苦的环境下长期工作都不怕，难道咱就去看望一下都做不到？”孔繁森咬紧牙关，手脚并用，攀爬在峭壁悬崖上的山路上，足足两个多小时，终于翻过雪山，到达了制南村小学。那位女教

孔繁森任拉萨市副市长时，经常深入学校调查工作。图为他和同学们共进午餐

师看到孔副市长翻山越岭专门来看她和学生们，感动得泪流满面，用夹杂着藏语的汉语说："孔市长，吐吉切（谢谢），吐吉切（谢谢）。你是我一生中见过的最大的'本布拉'（当官的），也是我们学校来过的最大的'本布拉'。"孔繁森握着她的手，亲切地对她说："阿佳啦（大姐），最应该感谢的是你，你舍下自己的孩子，帮助这几个孩子读书识字，是在改变他们一家贫困落后的命运啊！"孔繁森把带来的学习用品，交到她手上，带着歉意说："我们实在不知道这里这么困难，也没给你买什么东西。"临行前，孔繁森又询问了办学情况和女教师待遇问题，当看到学校只是一间没有窗户的小土屋，学生课桌凳都是土砌的台子时，他再三交代随从的乡干部，一定要尽快想办法改善办学条件。

在孔繁森的努力下，拉萨市努力实现改善基本办学条件"三有一无"（有教室、有教师、有课桌、无危房）的目标，适龄儿童入学率由45% 提高到 80%，考入大中专院校的学生逐年增多，考入内地院校的拉萨学生达 2000 多人，居全国各自治区之首。在大中专考试期间，他坚持和教育局的领导在分包的学生食堂，和考生一起吃饭，既监督保证了伙食质量，也鼓舞了考生的士气。

面对当时的医疗条件，孔繁森忧心如焚

看到拉萨医疗卫生事业全面落后的状况，孔繁森心急如焚，寝食难安。面对长期和普遍存在的医疗资源紧张，孔繁森并不是消极等待观望，无所作为，而是积极创造条件，从能做的事做起，从有条件改的改起。一方面，千方百计组织协调加大对医院和医药事业的投入；另一方面，重视医疗队伍建设，大力提高医疗技术水平。他从拉萨市医院抓起，组织开展优质服务活动，要求全体医护人员，从领导做起，从细节抓起，把病人当亲人，从克服“三高”（病人多时声音高、对贫困的病人声音高、对乡下来的病人声音高）现象抓起，努力改善服务态度。

当时的拉萨，乡下很多地方受封建迷信影响，妇女生孩子被认为是肮脏的事情，只能在马厩、牛圈内分娩，产褥热、破伤风等是母婴最致命的威胁。1985 年，拉萨孕产妇死亡率为 43.3%，新法接生仅占

6%；1989 年孕产妇死亡率下降到 27%，新法接生占到 42%，死亡产妇 11 人，儿童死亡率高于全国；1984 年，拉萨因麻疹死亡儿童 116 名，患传染病的 8500 多人。从采购药品经费开支看，当雄县药品经费仅为 9 万元，实际花费 8.5 万元，人均 3.75 元；林周县采购药品的经费人均仅为 4 元；尼木县购药支出 8.5 万元，人均 3.43 元；曲水县人均购药经费少得可怜，只有 0.41 元。医疗卫生队伍更是严重不足。2.48 万人的尼木县只有医务人员 33 名，其中，妇科 3 人，藏医 6 人。2303 人的堆龙德庆区桑达乡只有一处卫生所、3 名医生。3.8 万人的墨竹工卡县医院只有 38 个人，16 个乡每乡只有 2—3 名医生。远远不能满足群众看病的需要。

1990 年 4 月 13 日，当雄县发生雪灾，县医院组成医疗队到达县城，不仅没有下灾区的车辆，而且找不到一瓶注射液。孔繁森作为分管卫生工作的副市长，深感西藏医疗卫生事业的落后，给人民群众带来的痛苦与不幸。夏天痢疾，冬天肺炎，因为缺少最基本的医疗卫生条件，一些在内地很容易治疗痊愈的小疾患，藏族群众却因为没有条件或者延误治疗，造成终生痛苦，甚至失去生命。医院少、医生少、经费少、交通不便，老百姓有了病，只能求神拜佛，听天由命。更令人痛心的是，内地爱心组织和人士捐赠的大量设备、器材、药品，因为缺少专门的技术管理人才，造成设备器材闲置报废，药品过期失效。

小药箱仍然是他离不开的宝贝

他除了东奔西走、大声疾呼，向上级争取人才政策、建设资金外，还利用工作之余，从内地自购药品，自带小药箱为缺医少药的藏胞看病。不了解西藏缺医少药历史的人，很难理解孔繁森在工作之余给群众看病的做法。

孔繁森下乡必带三件宝：手杖、药箱和礼帽。长期在高原工作，很多地方需要爬坡过坎，拄着登山手杖既省力又安全，特别对年近半百、膝关节有退行性病变的孔繁森，有很好的保护和助力作用。在岗巴坠马后，孔繁森就落下见风头疼的毛病，带上藏式礼帽，既是当时藏区党政干部的一种标配，也能避免冷风刺激造成头疼。而小药箱却是高原上缺医少药环境下，孔繁森全心全意为人民服务精神的特色标志。和他在岗巴一样，每次下乡他都带着一个小药箱，处理完工作，他就开始做志愿者免费行医。一个一个听诊把脉，一个一个发药，直

孔繁森了解到西藏农牧民缺医少药的情况，下乡时就随身带着小药箱，利用当兵时学习的医疗护理技术，为藏族牧民诊疗疾病。图为孔繁森在下乡工作之余为牧民看病的场景

到小药箱的药品空了为止。一年下来，他用来购买这些常用药品的花费，也得上千元。据不完全统计，他在藏十年，用坏的小药箱就有五六个，给数百位老乡看过病，发放药品之多，走过路程的艰难可想而知。援藏干部周美亭提供了一个细节：孔繁森非常体贴看病的群众，在行医时经常让病人面向太阳背着风，而他自己却迎着风。

不少人劝他：改变西藏落后的医疗条件，可不是一朝一夕的事，这事还是让卫生部门多派医生来做吧！孔繁森叹了口气说："我知道这不能解决根本问题，我这个'二把刀'（水平不高、不专业）医生看病也是权宜之计，可在现实情况下，我不能眼巴巴看着老百姓的痛苦而无动于衷，能看一个是一个，能救一个是一个，多看一个病人，说不定就能捡回一条人命啊！"

一天晚上，孔繁森下乡回来，一份报告上的数字刺疼了他的眼睛：尼木县续迈、续普、林岗三个乡患大骨节病人占当地人口的21%。他顾不得劳累，马上通知卫生局长到他办公室，仔细了解情况，连夜安排市政府办公室通知卫生、防疫、民政、财政等部门，第二天凌晨出发去尼木现场调研。有人说："这种病在当地这么多年了，用得着这么着急吗？"孔繁森听了，非常生气，一向和蔼的他恼怒地反问："如果你的家中有这样的病人，你家亲人得了这种病，你还会说这样的话吗？"

孔繁森第一次见到这种病人，感到触目惊心。续迈乡的农牧民患病的比例相当大，有的村多达60多人，有的骨节变形失去活动能力，

孔繁森和有关部门的同志多次到海拔近5000米的山顶水源处采集水样，采取投资打深井、组织搬迁等办法，解决了因水质原因导致患大骨节病的问题。搬迁到新居的农牧民喝到了清凉甘甜的深井水，解除了大骨节病的威胁。图为孔繁森和续迈乡的群众在一起

有的下肢萎缩爬着走路，有的长年瘫痪在床。孔繁森想把跪趴在地上的老人搀扶起来，老人佝偻着身子无法站立。孔繁森把老人抱扶在床上，让医生为他听诊。医生答复：“心脏没有问题，主要是关节坏死造成的残疾。”看到病人那变形的关节、瘫痪的双腿、无望而呆滞的眼睛，孔繁森面色凝重、泪眼潸然。回到市里，他连夜起草了《尼木县有关乡镇综合预防大骨节病方案》，请自治区党委政府拨付专项资金，支持这一功在当代、利在千秋的民心工程。半年后，孔繁森看到长期居住在病区的群众，通过改良饮用水质、全部搬迁到新的居民点，远离了大骨节病的阴影，感到无比的欣慰。当得知卫生部门对那些大骨节病患者，采取了一些治疗措施，减轻了不少痛苦，特别是青少年的发病得到了根本控制时，孔繁森竟情不自禁地哼起歌来。村干部告诉孔繁森，老乡们搬进新家，喝上纯净甘甜的井水，都高兴地跳起舞来。一些老人虔诚地向拉萨方向磕着长头，感谢共产党派来的“本布拉”，解决了除神仙下凡谁也办不了的难事。

2022 年 1 月 12 日的《人民日报》报道：西藏大骨节病流行趋势得到有效遏制，所有患者纳入救助范围，全区 54 个病区县全部达到国家消除标准，连续三年无儿童新发病例。孔繁森同志可以含笑九泉了。

尽孝“人之老”

孔繁森分管民政工作，他每次下乡都必到敬老院，一有时间，就去看看那些老人们。全市56所敬老院、福利院，他去过48所，有的去过两三次，那些老人都把他当成亲人。他经常说：“每当我看到这些老人，就想起自己远在家乡的老母亲，为这些老人们多做些事，就算给家乡老娘尽孝了。”他把对生身母亲的疼爱，都倾注到这些非亲非故的藏族老人身上了。数九寒天，北风呼啸，大雪纷飞，一辆吉普车在拉萨通往堆龙德庆区桑达乡敬老院的路上艰难前行。20多公里的路，却走了三个多小时。孔繁森带着民政局局长挨个看望孤寡老人：波拉（爷爷）、姆拉（奶奶），我们来看望你老人家啦！一一送上酥油、糕点和糖果。这些当年的农奴，挨过王爷的皮鞭，何曾受过这样的礼遇？他们受宠若惊地合掌致谢，感谢这位“大本布拉”。当孔繁森推开旺姆老人的屋门，听到她咳嗽得喘不上气来，忙从带来的小药箱中，拿出药品，帮她吃上药，扶她躺下，老人摆摆手，痛苦地说：“腰疼，躺不得。”孔繁森问：“多长时间了？看医生了没有？”管理人员答道：“一年多了！没有去医院。”孔繁森追问：“为什么不去看病？”管理人员面露难色说：“经费不足。”孔繁森忍住火，说了句：“再困难也得想办法治病啊！”他翻遍药箱，把适合老人吃的药全部留下。孔繁森离开老人的时候，老人嘟囔着：“活菩萨，活菩萨！”孔繁森解释说：“姆拉（奶奶），我不是菩萨，我是共产党员，是人民政府派我来看你的！”孔繁森又走进琼宗老人的小屋。琼宗是个哑巴，70多岁了，上身穿一件破旧的绒衣，用一床破被子围着双腿在土炕上坐着。孔繁森关心地问：“姆拉（奶奶），冷不冷？”翻译用手势比画着告诉她，这是市里下来的“大本布拉”，专门来看你。老人马上下床穿鞋要致谢。孔繁森看到她冻得满是裂口的双脚，趿拉着一双破胶鞋，那双胶鞋已经磨损的没了后跟。怪不得她用被子围着脚，这样的情况怎么过冬啊？

这时，让所有人都意想不到的情形发生了，孔繁森把老人扶上炕，自己坐在炕边，把老人的双脚抱在自己怀里捂了很久，老人不安地往外抽，孔繁森隔着棉衣紧紧搂着不让她动弹。看到待在一旁的干部，孔繁森大声说：“她的脚这样下去要毁掉的，赶快打盆温水来。”等别人送来温水，他亲自为老人洗脚，洗了一遍又一遍，为她涂上冻伤软膏，裹上纱布，还为她盖上被子。第二天，他专门让司机把王庆芝亲手为他做的新棉鞋给琼宗老人送去。回到拉萨后，他和群旦连夜一起开会研究，向全市敬老院增拨专项资金，用于老人医疗和过冬物资的采购。

曾任西藏空港开发区主任的崔建勇，当时作为孔繁森的警卫员，跟着一起下乡到敬老院看望孤寡老人。正赶上一群人围着一位呼吸困难的老人急得手足无措。孔繁森打开药箱，取出听诊器，拔下听诊器

1992年，孔繁森视察拉萨市墨竹工卡震区时，得知益西卓玛老人患膝关节病，便亲自为她擦洗干净，贴上膏药。老人感动地说："我遇到了圣人。"

的胶管，一头放到老人嘴里，就要往外吸痰。崔建勇拦住他，劝他不要做，说："咱们把他送医院吧。"孔繁森一把把崔建勇推开，说："来不及了！"他学着当年在济南军区总医院医生抢救病人的样子，一口一口地把老人喉咙里的浓痰吸了出来。不一会儿，老人憋青的脸色恢复过来，呼吸开始顺畅起来。周围那些老人，纷纷感谢这位"大本布拉"的救人义举。

有一次，王庆芝带着孔玲到拉萨看望他。临回聊城的前一天，她们专门到街上买的猪肉、韭菜，发了面，为孔繁森蒸了山东大包，还蒸了一锅馒头，想让丈夫好好改善一下生活。孔繁森下班后，闻到家中弥漫的香味，高兴地说："做的什么饭这么香？"孔玲捧着一个大包子，对孔繁森说：“妈妈专门为你做的，快尝尝！”孔繁森顾不得洗手，接过包子坐在桌边，边欣赏边对孔玲夸奖：“你妈妈包的包子，中国第一！老长时间没吃家乡的包子了。”王庆芝爱怜地提醒他：“快吃吧，包了一锅哩。”孔繁森正要张嘴，突然想起什么，马上把包子放下。他给司机打电话叫来车，把王庆芝刚蒸的包子、馒头用个小毯子包起来，连同朋友看望王庆芝娘俩带来的两个大西瓜都装上车。王庆芝惊讶地问：“你这是干什么？”孔繁森说：“上车，咱们去串个亲戚。”王庆芝和孔玲将信将疑地跟着他上了车，孔繁森对司机说了句：“堆龙德庆……”

汽车到了市郊的堆龙德庆敬老院，他把老人们召集到一块，把王庆芝做的还热乎的包子分给他们，吃完了又让孔玲帮着分发馒头。从小生活在藏区的这些六七十岁的老人，活了这么大年纪，今天是第一次吃发酵的麦子面蒸的包子、馒头，善良的王庆芝看到这些老人们狼吞虎咽的样子，禁不住流下同情的眼泪。她想起自己曾经向孔繁森诉说家里的困难，孔繁森对她说：“咱家的条件比西藏强多了，有点困难，亲朋好友帮帮就过去了。那里乡下的群众比咱困难得多，要没人管他们，真的吃不上、穿不上。”为了让她了解西藏的情况，理解他的工作，孔繁森还带着王庆芝和孔玲到了墨竹工卡县，看了看牧区的家庭和学校的孩子。王庆芝开始明白丈夫的不容易：相比自己的家，这里真的更需要他。她看到一个老阿妈的上衣破烂得都露着肉，心疼地把自己的外套脱下来，让老人穿上。

为了两个孤儿，孔繁森三次偷偷卖血

贡桑，是孔繁森当年收养的三个孤儿中年龄最小的一个，她和哥哥曲英每逢清明和孔爷爷的祭日，都到拉萨烈士陵园祭奠。她永远也忘不了改变兄妹俩命运的那场地震。1992 年 7 月 30 日下午 4 点 25 分，拉萨市墨竹工卡县羊日岗乡发生了 6.5 级地震。孔繁森带领工作组在第一时间赶到现场指挥救灾，他详细询问人员伤亡情况、灾后群众安置问题、吃饭饮水问题，七天七夜奋战在救灾现场，眼睛熬得布满血丝，嗓音嘶哑得说不出话来。

“你们不是答应得好好的吗，不是说要管好这三个孩子吗，你们就是这样管吗，你们的同情心哪里去了？”看到蜷缩着挤在断墙下瑟瑟发抖的三个孩子，孔繁森大发雷霆。这是同事第一次见他发这么大的火。这也是孔繁森第三次到齐马卡村，查勘灾后房屋修复和救灾物资发放到户的情况。前两次都看到这三个衣不蔽体的孩子在村里流浪，得知是失去了父母的孤儿，他特意叮嘱乡村干部把这三个孩子管起来，村干部碍于情面，答应孔繁森一定好好照顾，可谁知孔繁森第二次来了，三个孩子还是没人管，孔繁森还是耐着性子交代当地干部克服困难，把孩子管起来。那些干部当面都答应的挺好，可就是不去落实。他们侥幸地认为，孔繁森这么大的干部，管着全拉萨的事，哪里还会再来他们这个偏僻的小山村。谁知道，做事认真的孔繁森第三次又来到这里。

“说话不算，会遭报应的。看到孩子没吃没喝没人管，你们忍心吗？”孔繁森气得脸通红，呼吸都变得急促起来。“我下次再来，要是三个孩子还没人管，我要处分你们，撤你们的职，开除你们的党籍”，他撂下狠话，准备开车走人。这时，一个藏族村干部在他身后大声嚷嚷：“我们受了灾，很多家都死了人，自己的孩子都养不起了，谁有能力养别人的孩子，你是‘大本布拉’，你把他们带走吧！”这话让已经坐在车里的孔繁森听到了，他对自己说：“我带走，我带到哪里去？”

车子即将离开村庄，孔繁森眼前浮现出三个孩子可怜巴巴的眼神，他再也抑制不住，一声“这不行！”脱口而出，大声对司机说：“掉头，回去！”司机不解地问：“回哪儿？”孔繁森说：“回去接孩子。”司机把车停下，对孔繁森说：“您接回去，怎么办，谁来管？”同车的另外一位同志也劝道：“孔市长，还是让村里自己解决吧，带回去真的不好办啊！”孔繁森以不容反对的口气说：“不是没有人管吗，我来管行不行！”看到孔繁森坚决的态度，同行的人不好再提意见，只好同意回村接孩子。三个孩子开始还胆怯地不敢上车，孔繁森把车上带的食物送给他们，承诺到城里给他们好多吃的、穿的，他们才跟孔繁森上了车。车子开动了，齐马卡村的干部和群众呆呆地站在那儿，不相信刚才发生的一切。

孔繁森让汽车直接开到墨竹工卡县的中心小学，找到校长白马占堆，安排三个孩子做“三包生”（政府拨款，包吃包住包学费），还专门请在这个学校教书的唐旭玲老师，每月从孔繁森那里捎给白马占堆300元，作为三个孩子的零花钱。谁知两个月后，白马占堆打电话给孔繁森，建议孔市长接三个孩子到拉萨上学，接受更好的教育。因为三个孩子在社会上野惯了，调皮捣蛋不服管教，特别是男孩曲英，抽烟、逃学、打架，校长担心这样下去会出问题，怕不好向孔市长交代。

就这样，孔繁森只好把三个孩子接到拉萨。最大的女孩曲尼12岁，男孩曲英7岁，最小的女孩贡桑5岁。看到这三个脏兮兮的孩子，市政府大院里议论纷纷，有替他担心的，有说他自找麻烦的，也有说他出风头的。孔繁森想的不是别人怎么看，在乎的是三个没爹没娘的孩子怎么健康成长。他从心里不想给组织添麻烦，只有顶着舆论的压力，背负沉重的经济负担，把这三个孩子抚养成人。凭他现在的工资水平，多养育三个孩子是困难的。三个孩子可以做“三包生”，但抚养费却是一笔很大的数字，想想都让人头疼。凭他手中的权力，把这三个孩子送到福利院也不是不可能，但是他担心开了这样的先例，是不是会增加国家的负担。男子汉大丈夫就得敢于担当，既然接受了三个孩子，即使有天大的困难，也要把孩子抚养长大。

他首先找人给孩子剪掉长满虱子、结成疙瘩的乱发，帮他们洗头洗澡，换了三大盆水，才把他们拾掇成干净清爽的样子。换上漂亮的新衣服，孩子们高兴得蹦蹦跳跳，爱美的小贡桑一会儿照一次镜子。孔繁森一个人孤身在外，又当爹又当妈，既要工作又要带孩子，付出了难以想象的艰辛。他在机关还好，如果出发开会下乡，就得委托给

孔繁森和收养的藏族孤儿在一起。一位藏族干部看到孔繁森照料三个孩子实在忙不过来，主动领养了曲尼（右一）

在生活上，孔繁森精心照料曲尼、曲英、贡桑这三个孩子。下班后，孔繁森下厨为孩子们做饭

同事、老乡的家属，不值班的武警战士。看到孔繁森一个人照顾三个孩子实在忙不过来，拉萨市市长洛桑顿珠主动领走了最大的孩子曲尼。洛桑顿珠回忆：孔繁森同志和孩子有感情了，我领走曲尼的时候，他都掉眼泪了。

两个孩子快要上学了，还得给他们上户口。从别人口中知道两个孩子的年龄，可谁也不知道他们的出生年月。孔繁森就为小兄妹确定出生年月。先为小贡桑定的是六月一日，为曲英定的十月一日，一个是国际儿童节，一个是举国欢庆的国庆节，两个孩子的生日特别有意义。直到 2021 年 5 月 9 日，兄妹俩专门到聊城为王庆芝祝贺母亲节，还得意地向笔者说起，“我们的生日都是爷爷给定的。”

孔繁森就像对待自己的孩子一样，为他们做可口的饭菜，给他们洗衣服，带着他们逛街，送他们上学，辅导他们写作业，每天睡觉前还要为他们打热水，帮他们洗脸洗脚。等孩子们都睡觉后，才坐下来看看文件看看书。这些调皮的孩子，高兴的时候，闹得家里像翻了天，孔繁森就得整理一片狼藉的房间；孩子们不高兴了，就开始拳打脚踢，发生战斗，孔繁还得给他们断官司，平息事端。隔三岔五的，人们一大早看到，孔繁森洗涤晾晒被他们尿湿的被褥床单，就善意地开玩笑说：“孔市长，宝贝们又画地图啦。”孔繁森苦笑着摇摇头。平常还好，要是有个头疼脑热的，孔繁森疼在心里，耐心地为他们喂药打针。

西藏军区总医院血库三张采血登记表上，记载着密密麻麻的藏族名字，其中，有位叫洛珠的人，B 型血，登记的身份是：老百姓。在这一年的 2 月 24 日、6 月 6 日、11 月 3 日先后献血 300 毫升，共 900 毫升，采血者叫刘业香。这是一个什么样的人，有这么强烈的献血意愿，有什么样的身体条件，什么样的家庭困难，让他在 9 个月时间内，三次献血共900毫升。2014年9月22日，孔繁森同志纪念馆《口述孔繁森》采访组在成都市武侯区找到了已经退休的西藏军区总医院血库技师刘业香。刘业香还原了当时的情景：孔繁森来献血，其实是来卖血，他当时用了个藏族名字，我看他年纪偏大，听口音也是山东人（刘业香是临沂的），就劝他不能这样，这样的年纪和身体条件，和长期在高原生活的藏族青年人没法比，有什么困难可以找老乡同事帮忙。孔繁森说自己家里孩子多，还有80多岁的老母亲，负担重，家里有急事，等着用钱救急，请求老乡帮帮忙。看他这么恳切坚决，刘业香还是为他抽了血。后来孔繁森出事后，宣传部门拿着照片来验证这件事，刘业香才知道他叫孔繁森，先是副市长，后来是阿里地委书记。

杨树春、冯朝安的回忆，进一步印证了孔繁森卖血的真实性。这900毫升鲜血，变成了孩子的营养品和文具，变成了孩子的衣服和鞋子。饱含着孔繁森对藏族孤儿的无我大爱，凝聚着汉藏民族血浓于水的真挚情谊。这难以置信的大爱传奇，就真实地发生在20世纪90年代，一位中国共产党副厅级领导干部身上。

孔繁森调到阿里不久，工作安顿之后，就把孩子接到阿里。只是阿里条件太艰苦，孔繁森下乡的时间太多。孔繁森担心阿里的教学质量影响孩子的学习成绩，而他实在顾不上孩子的生活。不到三个月，只好把孩子又重新送回拉萨，并第一次为了孩子向组织开口，请求把他信赖的、曾经在市政府服役、已经安置工作的退伍战士崔建勇从林周县调回拉萨，替他照顾孩子。

孔繁森时常挂念着孩子的学习，听到曲英不安心学习还挑食，专门安排两个孩子回齐马卡村住了几天，让他们重新体验牧区的生活。两个孩子回来，都懂事多了。就在他殉职的前两天，还在新疆给崔建勇打电话，过问孩子的成绩，还向两个孩子承诺：回拉萨后，带他们去逛夜市、买小吃。孔繁森去世后，崔建勇和爱心企业专门派人，接力抚养两个孩子。曲英参军后不久，贡桑到辽宁的营口中学藏族班学习，最后考入南京大学。王庆芝一如既往地关心着他们，经常给他们捎去吃的穿的用的东西。他们工作之后，每年也都到山东来看望王庆芝奶奶，和孔家保持和发展着浓浓的亲情。

孔繁森当年的心血没有白白付出，三个孩子如今都已经成家立业，事业有成。曲英从部队回来，分配到拉萨电视台，现在是一名摄影记者，有了美满的家庭，现在是两个孩子的爸爸；1987 年出生的小贡桑大学毕业后回到西藏，考入那曲市文化局，现在是自治区文化厅机关党委的一名副主任科员。她和姓杨的一位汉族小伙（四川资阳人，在自治区广电局工作）结婚，生育了一个“团结族”男孩，汉族名字叫杨佳豪，藏族名字叫格桑朗杰。被洛桑顿珠市长领养的曲尼，现在是武警医院的护士长。

在接受采访时，小贡桑眼里多次噙着激动的泪花，她说：“真的感谢那场地震，虽不该这样说，但有时候确实这样想。就是那场地震，爷爷才能在茫茫人海中发现我们，这种不幸中的万幸，让爷爷来到我们身边。没有爷爷，我们三个能不能活下来都不好说，更别说成了现在这个样子！”她笑了笑，接着又哭了。

他宿舍的钥匙还是放在门框上面

和在聊城一样，孔繁森的宿舍屋门的钥匙，就在门框上面，随手一摸就能找到。熟悉他的人可以随时进门，就像自己的家一样，想烧水就烧水，想做饭就做饭，这里就是大家的招待所。援藏干部远离家乡，最痛苦的是思念亲人，孔繁森就有意地分期分批组织大家来家坐坐。那时候，工资低，舍不得下饭店，孔繁森更不搞公款宴请。他就用自己的工资，买几样菜，开几瓶罐头，弄瓶便宜的白酒，更多的时候，是买点菜，大家一起动手包顿水饺。孔繁森解释说："饺子就酒，越吃越有！大家聚一聚，聊一聊，平时的烦恼，想家的痛苦，就烟消云散了。"时间长了，大家老白吃孔繁森的也不好意思，有时凑点食品，有时带点米面油。看出了大家的心思，孔繁森说："我是山东援藏干部总带队，省委组织部有专门的经费，大家放心吃就行！"事后，大家才知道，这都是他花费自己的工资。

孔繁森在拉萨金珠东路19号宿舍的电话，是真正的市民热线。老百姓大事小事都找他，他总是不厌其烦，亲力亲为。他说："老百姓反映的事，放到我身上是小事，可放到老百姓身上就是大事。"张恒传回忆："每次去孔市长那儿，都能看到一屋子人，里外间凳子上，床上坐的都是人。有干部、战士、老乡，还有街上理发的、做买卖的……"

黎穆萨，甘肃人，借遍家人亲友的钱，来拉萨投资做生意，结果遭遇骗局，血本无归。这些经历让这个外乡人一度失去了生活的勇气。这时，有位好心人告诉他，市政府有个孔市长，山东人，正直善良，很仗义，你去找他试试。黎穆萨心想："我找了这么多领导都不管用，我和他无亲无故的，他能帮我吗？"黎穆萨在心里打起鼓，他根据别人描绘的大致形象，直接闯进孔繁森宿舍。看到孔繁森正在洗衣服，一下子扑跪到地上，孔繁森吓了一跳，问清缘由，忙把他搀起来，给他倒了一杯水，让他慢慢说。黎穆萨说："这是我来拉萨大半年第一次有人为我倒的一杯水。我像一个在外面受到欺负、好不容易回家见到父母的孩子，委屈得哭了很久。"孔繁森听后，对他说："小黎，别难过，再难过的坎总会有过去的时候。出门在外都不容易，我完全理解你，尽力帮助你。"第二天，孔繁森就开始跟有关部门联系，经过多方努力，还是没把骗走的货物追回来。这期间，孔繁森多次跟黎穆萨谈话，用古今中外名人励志的故事，鼓励他鼓起勇气，振作精神，并亲自找到一家银行，为黎穆萨担保贷款，搞起一个新的项目，开始了新的创业。

在高原，
第二次与死神擦肩而过

1989 年 11 月 14 日晚上 7 点左右，孔繁森到山南县参加次日召开的全市卫生工作会议。本应该下午报到，因时间比较从容，孔繁森又挤时间到一所学校调研，结束后天色已晚，只能着急着赶路回去。汽车行驶到贡嘎机场附近一个丁字路口时，为躲避一辆手扶拖拉机，汽车翻倒在路边一口干涸的池塘里，孔繁森被甩出车外，头撞到一块巨石上，血流满面，当时就昏死过去。县里得知孔繁森发生车祸，马上派人赶到现场，由县医院做简单处理后，急送自治区医院。车祸造成严重的脑震荡、颅底骨折，孔繁森一个小时吐血三次，医院已经报了病危通知。那些聊城老乡都做好了处理后事的准备，他们说："三哥把命都丢到这儿，咱不能把尸首也留在这里！"飞机不让运遗体，他们想尽一切办法，也要让他的家人见最后一面。这些人甚至都凑够了租用冷藏车回山东的费用。

也许是孔繁森为藏族人民服务的使命还没有彻底完成，经过医生护士全力抢救，昏迷了十几天后，孔繁森在众人焦急的等待中苏醒过来。听到这个消息，大家高兴地奔走相告。他吃力地睁开眼睛，看着病房白白的屋顶，问：“我这是在哪里？”身边的医生告诉他，是在医院里。他想了想，又问：“是车出事了吧？”医生回答是。他马上想起什么，问：“司机怎么样了？”医生很感动，心想，你自己都这样了，还记挂着别人，赶快回答：“司机没事儿，你放心吧！”

望着满病房的水果和营养补品，孔繁森对小老乡段谋夏说：“你是我最信赖的朋友，你帮我想想都有谁来看过我，我要记住人家的情分。这些东西，把能退的都退回去，退不了的，送一些给医生护士办公室，其他水果、营养补品都送到敬老院去。”孔繁森看着段谋夏提着东西，匆匆奔忙的身影，满意地露出笑容。

住院期间，孔繁森得知一所学校多名学生食物中毒，不顾自己高烧没退、眼睛充血，急忙坐着一辆三轮车赶去学校。他牵挂着没写完的教育工作考察报告、制南小学的搬迁、民办教师的转正、敬老院老人的病情、内地藏族班学生的经费，他躺不住了，坚决要求出院。市里的领导让他先到内地复查住院疗养后，然后才能去看望藏族班学生。孔繁森只好答应了，依依不舍地离开工作岗位。只是到了上海做了一下复查，就率队到重庆、杭州、合肥、北京等地的16所中学，走访藏族班的学生，病痛折磨着他，他全然不顾，以坚强的毅力支撑着完成了工作任务。

等他回到山东住在省立医院干部四病房继续治疗时，王庆芝也因为长期劳累和营养不良，得了肝炎，住进济南市传染病医院。等孔繁森见到王庆芝时，王庆芝看到他右眼周围有大片淤青，还没完全消退，右眼上眼皮下垂，忙问："你这是怎么啦？"孔繁森等旁人走了后，才和王庆芝并肩坐在床边，向她说了遭遇车祸，死里逃生的经历，王庆芝怪他电话里没有提起这事，孔繁森振振有词："我不是怕你担惊受怕嘛。"王庆芝朝着孔繁森宽厚的胸脯就是一拳，恨恨地说："我叫你说谎话！"孔繁森故意哎哟一下，却把身子靠了过来。

拉萨街上的狗都不咬孔繁森

在 19 世纪 80 年代，拉萨远不如现在这样整洁。有名的三多：乞丐多、狗多、垃圾多。孔繁森的同事们回忆：孔繁森见到街上流浪者、乞讨者习惯的动作，就是摸衣兜，总是把身上的钱掏出来，有时掏没了，他动员身边的人也这样做。拉萨街上很多叫花子都认识他，看到他都给打招呼，追着他喊："孔市长，孔市长。"在那段艰苦的日子里，他仍然保持着山东人的豪放慷慨，只要有求于他，他总是出手相帮，受过他接济的不知有多少人。一个人钱多的时候，拿出一部分来搞捐赠，是容易做到的；难的是自己并不富裕，甚至也需要帮助，却能从自己的碗中拨出半碗米饭给饿肚子的人，这就难能可贵了。这位共产党人把穷人当成亲人的善良，体现着众生皆可爱、皆可怜的悲悯，体现出不分高低贵贱的平等意识，这就是孔繁森事迹之所以打动人心的地方。

那时候，拉萨街上流浪狗很多，孔繁森看到很多病得饿得奄奄一息的狗就觉得可怜，经常提着一些餐余垃圾，去饲喂它们。时间长了，每当他步行出门，那些狗见了都悄悄地跟在他身后。有的人说："孔市长这样的好人，连街上的狗都不咬他。"孔繁森同志纪念馆布展时，有位专家发现了一幅孔繁森饲喂流浪狗的照片，建议上板面展出，有人担心会影响英模在观众心目中的形象。专家说："一个善待动物的人，一定是一个有温情的人，一个有情感底线的人。"这幅照片展出后，不但没有影响孔繁森的形象，而且从侧面衬托出孔繁森的善良与率真。

世界上最会过节省日子的副市长

到拉萨视察工作的时任总参谋长迟浩田了解到孔繁森两次援藏，和西藏群众亲如一家的事迹后，非常感动，得知孔繁森在原济南军区当过兵，亲切称他“老战友”，欣然提笔为他题写了“心连心，同命运，共呼吸”的条幅。孔繁森热情邀请老首长到家中做客。孔繁森剪下平时舍不得吃、在花盆里种下的韭菜，为他包了两盘具有家乡风味的水饺。迟浩田很高兴。吃完饺子，孔繁森从床底下装方便面的纸箱里，找到两只干瘪的水蜜桃，削掉皮请迟浩田吃桃。迟浩田吃完后，要洗手竟然找不到香皂，好奇地问：“你用什么洗手？”孔繁森老老实实地交代：“用洗衣粉，比较便宜。”一进孔繁森的家，迟浩田就看出这位干部的清贫，哈哈笑着说：“你大概是世界上最节俭的副市长了！”

孔繁森带领工作组下乡赶到哪里，晚上就住在哪里。他有睡前洗冷水澡的习惯，洗完澡随手把内衣内裤晾在帐篷外的绳子上。第二天

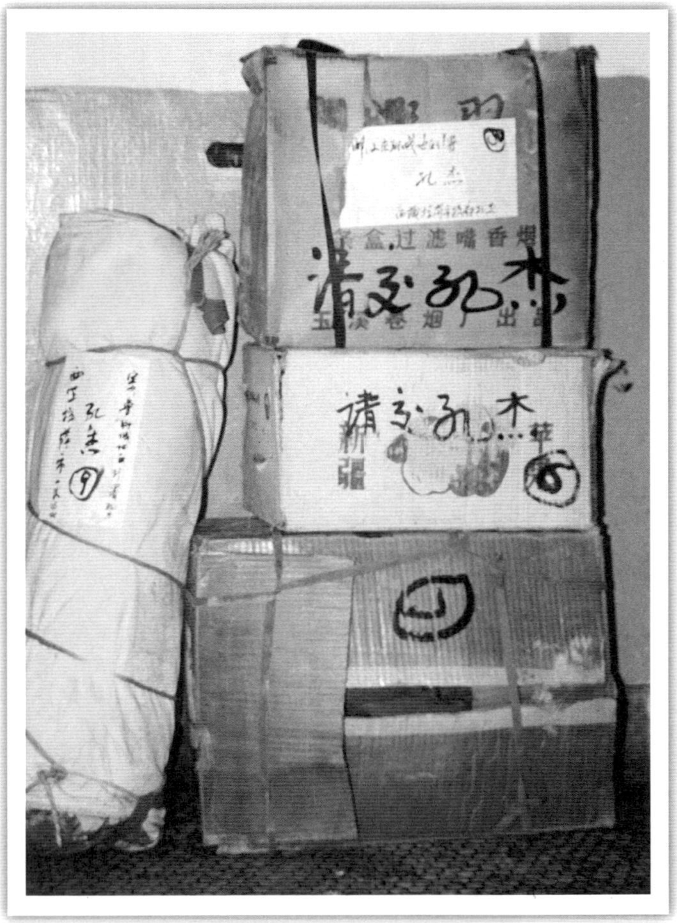

孔繁森一生过着清贫和节俭的生活。在藏近 10 年，他几乎没有往家里寄钱，省下的工资大都慷慨地花在藏族群众身上。图为他殉职后，当时的阿里地委用这几个纸箱和一个木箱，运回了他的全部家当

看到同事围在一起，指指点点，议论纷纷，原来是议论他缝着补丁的内衣内裤有碍观瞻。孔繁森对大家说：“穿衣戴帽代表着一个人的外在气质，也体现着对别人的尊重，这是面子，一定要重视。至于别人看不见的里子，倒没必要太在乎。”他说这话的时候，穿的就是一条价值 9 元钱的灰色裤子。

情洒阿里万重山

第十章

情洒阿里万重山

服从命令是第一位的

阿里：西藏的西藏，世界屋脊的屋脊

选择了一条更远更难走的赴任路

看未来责任重大，看现在坐立不安

面对 41 份请调报告

关键是把建设阿里的信心找回来

神奇的圣地、原始的生态、丰富的宝藏

一幅穷则思变的宏伟蓝图在阿里大地铺开

我也是祖国边防的一块砖

“我在哪里发生不幸，就把我埋在哪里！”

一定要守护好这片高天净土

心里总是装着藏族群众

坐不住，慢不得，等不起

他心里总是想着别人

无法兑现的承诺

服从命令是第一位的

援藏即将期满，不少援藏干部都有一种矛盾的心理。既有盼望已久的完成任务后的欣慰，又有很快就要跟亲人团圆，重享天伦之乐的喜悦，也有留恋、难舍、惜别的哀伤。五年了，和这里的干部群众结下了难忘的情谊。大家告别着、祝福着，考虑买点什么东西带回家，弥补一下对家庭的愧疚，甚至计划好了回家一月内的活动安排。

就在这个时候，西藏自治区党委常委、党委组织部长冯军找到孔繁森，关心地寒暄："繁森同志，准备什么时候回山东？"孔繁森说："比其他同志要稍微晚一点，我是总带队，要做一些后期的扫尾工作。"冯军对孔繁森的回答很满意，他说："这样也很好，做做善后工作。"接着，又以试探的口气征求他的意见："如果需要你留下再干一段时间呢！"没有任何思想准备的孔繁森愣在那里，过了好一会儿，才问："留下？"冯军点点头。组织观念很强的孔繁森问："山东领导是怎么安排的？”冯军回答：“山东省组织部的答复是，你作为山东援藏干部的总领队，已经圆满完成了工作任务，完全可以如期返回，那边已经给你安排好了比较理想的岗位。如果，西藏自治区需要你留下，一定要认真尊重你本人的意见，由你自己确定去留，不要有丝毫勉强。”孔繁森点点头，问：“去哪里？干什么？”冯军沉吟了一下，说：“应该是在厅里任职吧。先给你通个气，你先考虑一下，如果同意留下来，我们再联系。因为你毕竟是第二次援藏，这次又要延期，家里还有不少实际困难，你再好好考虑一下。”孔繁森说：“作为一名党员领导干部，服从组织安排是必须的。上级需要，没有二话，家里的困难，我能克服！”冯军握着他的手说：“这毕竟是件大事，你再考虑一下，然后告诉我。”孔繁森点点头，其实在心里已经打定了主意。

接下来，孔繁森和几位好友商量，这些人无一例外地表示反对。大家一致表示，根据你的情况，不能留下。有位同志感慨地说：“家家有本难念的经，你家这本经更难念呀！”孔繁森回答：“如果人人都念自己家的经，国家的经谁念？”一些还没到期的援藏干部、孔繁森在拉萨的朋友，暗自庆幸孔繁森能继续留下结伴、共事、搭伙计。孔繁森考虑了两天，就拨通了冯军部长的电话，但冯军说：“情况有了变化，热地书记要给你亲自谈话。”

热地副书记告诉他说：“阿里地委书记公觉次仁因身体原因实在不能坚持日常工作，党委研究打算请你顶替他先到‘山上’（拉萨平均海拔 3500 米，阿里平均海拔 4500 米，拉萨人习惯称阿里为‘山上’，后来人们接受了这个说法，去阿里都叫‘上山’，出阿里叫‘下山’。）工作一段时间，有了合适人选，就让你回来，或回山东，或在西藏安排，完全尊重你的意见。”孔繁森虽然做好了承担艰巨任务的准备，去阿里还是在意料之外，但听到领导这样说，组织观念极强的他立即表态："我已经想好了，既然组织信任，我服从安排！"热地满意地笑了，说："我就知道，党委不会看错人，你真是个敢担当的山东汉子。"孔繁森说："书记，你不仅是山东汉子还是西藏汉子！"随后，孔繁森又诚恳地说："阿里那个地方太贫困、太落后了，西藏自治区党委政府要多偏爱、多支持啊！"看到孔繁森已经进入"角色"，热地高兴地说："繁森，你放心。中央支持西部，自治区更要多多支持阿里这个'西部的西部'！"

从鲁西平原到青藏高原，孔繁森选择了一条继续"上山"的路，因为"山"在那里，山上的人民需要他、无数先烈先辈用生命和热血开创的事业在等着他。

阿里：
西藏的西藏，世界屋脊的屋脊

阿里，位于祖国西南边陲，西藏自治区西部，青藏高原北部，北接新疆喀什、和田地区、巴音郭楞蒙古自治州，东临那曲市，东南临日喀则市，西南和西部与尼泊尔、印度与克什米尔接壤。

阿里很高，平均海拔大致相当于三个泰山摞起来的高度。最高点是普兰县境内的纳木那尼峰，海拔 7694 米，最低点在札达县什布奇附近的朗钦藏布河谷，海拔 2800 米。按一般人来说，到了海拔 3000 米，思维能力，特别是判断力下降明显，到了海拔 4000 米，意味着即使在平地行走，也像在平原上行走平添 20 公斤的负重，即使躺着不动，心脏负荷也像在内地爬完七层楼梯的感觉。

阿里很大，辖域面积 33.7 万多平方公里，最大的一个乡，就有近 6 万平方公里，与所辖最远的县，相距 700 公里，县与相距最远的行政村 500 公里。没到过阿里的人，怎么也想象不到，这片土地的辽阔和空旷。阿里人口很少，当时仅有6.5万人，最小的一个乡只有400人，平均每5平方公里才有一个人。

阿里很热，由于年日照时间长，有着世界上最丰富的太阳能和最强烈的紫外线。阿里也很冷，刮八级大风的天数年平均149天，平均气温在零摄氏度以下，有记载的极端温度为零下44.6摄氏度，冻土层近2米。最可怕的是，氧气含量低，含氧量最高的时候不足平原地区的一半，到了冬季，含氧量不足内地的三分之一。从温度上讲，海拔每升高150米，气温就会下降1摄氏度，海拔越高，温度越低，同时，大气压、湿度也越低，海拔每升高300米，紫外线强度就增加5%。

当地有这样一首民谣：天上无飞鸟，地上不长草，风吹石头跑，氧气吃不饱，八月下大雪，四季穿棉袄。这种恶劣的自然环境，艰苦的生活环境，造成阿里人口稀少、经济落后、社会发展缓慢，被西方医学界称为“生命的禁区、不适宜人类居住的地方。”

去阿里之前，孔繁森到有关部门找到阿里发展的有关资料，他越看越忧愁，越看脑袋越大。可以概括地讲，该高的都很低，该低的都很高，该没有的都有，该有的都没有。他把阿里的财政收入、人均收入都写在笔记本的扉页上，时刻提醒自己。尽管孔繁森有在岗巴高海拔地方三年工作生活的经历，但他清醒地知道从拉萨副市长到阿里地委书记、政协主席、军分区党委第一书记，自己选择了一条海拔更高、离家更远、条件更艰苦、情况更复杂、任务更艰巨的人生道路。他清楚地知道：有更严酷的考验，更大的挑战和众多的拦路虎，就在不远处虎视眈眈地等着他的到来。

选择了一条更远更难走的赴任路

藏路难，难于上青天。孔繁森在拉萨市委副秘书长张秋生的陪同下，离开拉萨向阿里进发。从拉萨到阿里当时还没有飞机通航，也没有一条真正意义上的公路，只有北线和南线两条简易的山路。南线比较好走，路途也比较短，大约 1190 公里；北线比较难走，路途较长，大约 1760 公里，比南线远 570 公里。按正常选择，一般人都会选择南线，但孔繁森为了更多地了解沿途情况，特别是落后牧区的生产生活状况，毅然选择了人口较为密集、经济比较落后、路途最远的北线。

从拉萨—日喀则—拉孜—措勤—改则—革吉—噶尔（狮泉河），要途经几座 6000 米的高山，道路崎岖危险，他全然不顾。进入藏北高原，他在浏览蓝天白云、雪山碧湖绝美风光的同时，也领教了老天变脸后的无情，在日记本上写下了对阿里“高原缺氧沙满天，戈壁千里少人烟”“满目难寻芳草绿”的最初印象。

孔繁森选择这条路，主要是想和措勤、改则、革吉三个县的干部群众见见面，提前熟悉一下牧区情况。经过两天一夜的跋涉，晚上9点钟的时候，到达措勤县城。说是县城，还不如内地一个村子大。他们在车里吃了点自己带的面包、方便面，然后把车子开到一座三间土屋门口。司机喊了声："肖书记，在吗？"早听到汽车声的县委书记肖达瓦已经从他的办公室兼宿舍走出来。

听介绍是新任的地委书记来了，肖书记赶忙把孔繁森让进屋，一阵寒暄。孔繁森开门见山地说："我第一次来措勤，一是和县里的同志认识一下，二是开个座谈会，顺便了解一下情况。"肖达瓦一听又高兴又紧张，赶快通知县长和县里的主要干部过来，和孔繁森一边喝着酥油茶，一边聊起措勤的情况。肖达瓦思路清晰、如数家珍，孔繁森边听边在笔记本上记录，听到重要问题，还习惯地在这个问题的前头画一个大大的"△"。

措勤县在旧社会是西藏政府流放犯人的地方，人烟稀少，荒凉贫瘠，村与村有的相隔200公里，户与户有的相隔80公里，是个纯牧业县，工农业生产基本空白，牧业收入一年几十万元。孔繁森听后，表情严肃地说："再荒凉、再贫困也是祖国的领土，我们既然在这里当干部，就不能无所作为、听之任之！"随即，孔繁森喝了一口酥油茶，关心地问道："全县有多少学校？"有人回答："四所，县城一所完小。适龄儿童入学率刚到25%。"孔繁森皱着眉头，询问："有什么办法，把升学率搞上去？"肖达瓦说："一缺师资，二缺经费，三是居民分散，流动性大，没有上学习惯——"孔繁森合上笔记本，说："穷是现象，愚是根本，勒紧裤带，千方百计也要把教育搞上去，否则，经济起飞难啊！至于上学习惯，这不是主要的，而是上学难，实现乡乡有小学。"接着他又询问牧业情况，一斤羊毛卖多少钱，加工以后卖多少钱。当了解到为什么不做加工的原因是，原来的羊绒加工厂，后来因为亏损，停掉了。孔繁森接着询问牧区情况，县长抢先回答：“连年干旱，牲畜大量减少，存栏量下降了 8 个百分点，历年最低，牧民的日子很难。”说完，县长低下头，抽起烟来。屋里一片沉默，酥油灯摇曳着，座谈会仍在继续。

看未来责任重大，看现在坐立不安

1993 年 4 月 12 日晚上，孔繁森到达改则，他让县委书记仁青扎西召集县四大班子成员开会。听取大家的汇报后，他动员大家：“有什么困难和要求，尽量向地委行署提出来。”大家看到新来的书记这么平易近人，都七嘴八舌，纷纷说出自己的建议：

1. 要求落实以工代赈资金 19.7 万元；

2. 豁免或延期银行贷款 40 万元；

3. 县运输联营公司要求贷款 100 万元，扩大经营规模，同时申请追加柴油指标；

4. 增加太阳能水井建设经费 50 万元；

5. 把康托区改造列入 1994 年建设计划；

6. 尽快批准修建卢仁桥的立项。

孔繁森认真地听、飞快地记录，听不明白的就让大家再重复一遍，生怕漏掉大家说的每一句话。散会后，孔繁森又把仁青扎西书记、拉加县长留下，三个人又谈了很久。大家看到孔繁森为改变阿里落后面貌的雄心壮志和急切心情，都深受感动和鼓舞，他对工作的热情、旺盛的精力、扎实的作风，给大家留下了深刻的印象。

在革吉，孔繁森详细了解到全县存在四大压力：灾情、财政、市场、人才。县级机关干部反映：粮食、柴油、煤炭价格飞涨，造成生活困难。县医院共有 35 个人，没有一名护士。小学入学率只有 10.3%。全县 290 户贫困户。每年的 4—8 月降雨只有 9—16 毫米，存在严重旱情，草场鼠害、沙漠化、醉马草等灾害现象严重，幼畜成活率不到 45%。记在笔记本上的这些文字，像燃烧的火苗，灼烧着孔繁森的心灵。

在通往狮泉河的路上，孔繁森一行经历了沙尘暴、阵雨、泥石流、汽车故障，这些经历并不影响他深入基层干部群众的决心，他走走停停、问问看看，详询当地的经济和社会发展状况，了解群众的急难愁盼，羊毛羊绒价格，人均收入情况等。孔繁森越看心里越沉重，便在笔记本上写下："看未来责任重大，看现在坐立不安。"四天四夜的路程，他们在阿里条件最艰苦的东三县（措勤、改则、革吉）走了十天十夜。

孔繁森在这片辽阔的高原上，选择一条走近人民的道路，哪怕这条路有多少的艰难险阻、有多少的风雪严寒！

面对 41 份请调报告

从交通上看，阿里很遥远，距离首都北京 5000 多公里，距离自治区首府拉萨 1400 多公里，距离新疆叶城 1060 多公里。阿里的干部回内地休假两个月，40 天在家，20 天在路上。当时的阿里，是全国唯一不通电、不通公路的地区。从拉萨和青海进藏路途遥远又很辛苦，从新疆进阿里，从北京坐车到乌鲁木齐，特快 80 个小时，普快得 7 天 7 夜，坐火车坐得腿都肿得老粗。阿里每年有一半的时间大雪封山、交通中断，和外界处于与世隔绝的状态。每年 11 月就不通车了，直到第二年的 5 月。有人从山东往阿里写信，问回不回家过年，元旦写的信，到了第二年 6 月才收到。很多没结婚的恋爱男女，因为写的信不能及时收到，造成误会和分手的很多。每年 5 月，第一辆邮车开进狮泉河，几乎全镇的人都拥到邮局等着、帮着分信，几乎要等一个通宵，收到信的无比欣慰，没有信的黯然神伤，那简直是“家书抵万金”。

全地区只有三部固定电话，阿里邮局的手摇电话只能接到拉萨，还得提前约好，在电话机前等候。有急事只能发电报。地委机关只能靠柴油发电机供电，每天只能供电两个小时，供电时间为每天晚上的7点到9点，电视信号和四川共用一个频道，只能收看中央一台、西藏台、阿里台，播出时间是下午1点到晚上11点，但经常因为没电无法收看。为此，军分区专门为孔繁森腾出两间宿舍，一是安静安全，二是供电正常（单独发电）。作为军分区党委第一书记，在部队大院住也完全应该。孔繁森考虑干部群众找他不方便，便婉言谢绝了，他笑着对军分区司令员刘运通说："谢谢司令员好意，这门口又有岗、又有哨的，干部群众有事找我谁还敢进来，可别用你的好心，把我和群众隔离开啊！"在安排房子的时候，他专门挑了靠近公共厕所的一个小院，把条件比较好的房子，让给了藏族干部。他说，我一个单身汉，住哪里都行，越随便越简单，群众就更方便找到我。

在阿里，生活上的困难，也是令人难以想象的。由于气候条件的原因，阿里除了大头菜和萝卜，基本什么都不长，吃穿用的所有东西都是通过新藏线从新疆的叶城远道运输而来。千里迢迢运到，连冻带烂，到阿里，几乎要扔掉一半。当年，狮泉河食品副食品价格贵得离谱，白菜、萝卜、土豆、洋葱是阿里当时四大名菜，白菜每棵30元，青椒每斤17元，大葱每棵10元，小白菜每斤10.5元，莴苣冻得不成样子，也要卖到10元一根，鸡蛋1元一个。如果赶上大雪封山，这些东西根本买不到，只得吃脱水菜。

地委的食堂，不开早餐，星期六、星期天也不做饭，很多地委机关的干部，都是自己想办法解决吃饭问题。镇上只有一个小饭店，一份羊肉炒辣椒15元，一份西红柿鸡蛋汤15元。整个狮泉河没有电影院、理发店，只有阿里发改委一个澡堂，单双日男女轮流洗，不向社会开放不说，还经常因为缺少煤炭停业。当时，三袋面粉可换两只羊，十袋面粉就可以换一头牦牛。剔除物价因素，阿里干部职工收入比拉萨少一半。这样的工作环境和工作条件，想留住人真是困难。当时的情况是，想走的都闹着走，走不了的也没精神干工作。在20世纪六七十年代，阿里曾经由西藏划归新疆管辖过十年，有很多干部职工是新疆过来的，这些同志愿意回新疆，面临调动、疗养、两地分居、孩子上学、退休安置等实际问题。行政区划的变化，让这些难题难上加难。孔繁森走进阿里的办公室，第一眼看到的，不是发展规划、工作方案、干部选任建议，而是办公桌上的一摞请调报告。他拿起来数了数，整整41份。不同的字迹，不同的篇幅，不同的语言风格，表达同一个心声："下山！"随之而来的访者，说几句"欢迎书记"的客套话，转入正题就是反映家庭困难，要求调离。有的说起生活困难来，情不自禁、泪流满面；有的带着老婆孩子苦苦哀求。富有同情心的孔繁森面对这些哭诉，眼窝湿润，心情很沉重。

关键是把建设阿里的信心找回来

一天晚饭后，孔繁森把地委秘书长安七一叫到宿舍，说：“安老弟，今晚咱俩在我屋里好好聊聊，交换一下思想，这样还可以节省你屋里的煤炭。”安七一，34 岁，中共阿里地委委员、地委秘书长，曾任西藏自治区团委城市青少工部部长，比孔繁森早来阿里一个月。孔繁森与这位比他小 14 岁的同事，早在拉萨就有接触，安七一家属还多次为孔繁森收养的两个孤儿送过衣服和被子。他想利用晚上的时间，对阿里下一步工作进行深入探讨。看到安七一坐在床前，等待安排工作的样子，孔繁森说：“七一，别那么正襟危坐的，今晚咱俩就同床热聊吧，你一头我一头，盖上厚厚的被子来个抵足畅谈。又暖和，又亲热！”在这高原的寒夜，哪里有比这更好的主意！安七一接受了孔繁森的提议。

孔繁森问：“七一，你比我早来几天，工作上有什么看法和想法吗？”

安七一说：“来之前就听说阿里艰苦，没想到这么苦，比我在达孜农村插队时还苦。但无论多么艰苦，作为秘书长，我会当好你的参谋和助手，发挥好上传下达作用，特别在文字材料上，你的讲话、地委所有文件，我都会亲力亲为、把关定向，不会出任何问题。”

孔繁森接过话题说：“你说得很好，但这不是重要的。重要的是，如何发挥我们两个人的作用。一个地委书记、一个秘书长，整个地委班子，就咱两个汉族同志。藏族干部管汉族干部一直叫老大哥。咱们要想这个问题，为什么叫我们老大哥。咱们做得好了，那就是老大哥，如果我们做得不好，那还算什么老大哥！”看到安七一点点头，孔繁森进入下一个话题：“你认为影响阿里发展的首要问题在哪里？”

安七一把他来阿里之后的所思所想，进行了梳理：首先是信心问题。接触到阿里的干部，谈的全是压头的问题：观念落后、旱灾雪灾、人才缺乏、财政困难。恶劣的自然环境、偏僻的地理位置、历史造成的落后经济社会条件，让这里的干部群众对阿里的发展普遍缺乏信心，有的觉得人穷志短，出门比别人矮半截，自尊心受伤害，有的存在“等靠要”思想，怕乱求稳、不愿冒险，尤其在干部中存有不求有功但求无过的想法，故步自封，缺少开拓精神和锐气。还有的觉得前途渺茫，不仅怨天尤人，还整天想着抽身调离。群众更是觉得生在穷乡僻壤没办法，有政府救济，反正撑不着也饿不死人，一天天混日子熬年月，脱贫无望、致富无门。关键问题是稳住军心、鼓舞士气、提振大家伙的信心和精气神。怎么才能提高信心呢？必须首先找到阿里的优势，根据优势确定发展的门路，让大家看到希望，觉得有奔头，大家的信心自然就增强了，精气神也就有了，干部都想着干事了，带领群众致富的环境也就形成了。

没等安七一说完，孔繁森一拍大腿说：“七一，你说得太对了，我来到阿里，听到的全是困难——缺钱、缺人、缺燃料、缺汽车，工作条件差，生活没保障，为什么过去条件比现在还差，那些老一辈却干得那么好，现在主要是‘老西藏精神’没有了。我们首当其冲的就是组织一场大调研、大讨论，让阿里上下都找优势，找思路，找信心，按照‘从群众中来，到群众中去’的方法，把地委带领人民脱贫致富的措施和决心，贯彻到干部群众中去。”

夜深了，两个人还在意犹未尽地探讨开展活动的具体方案、方式方法、时间步骤等。孔繁森指着笔记本上的数字说：“你看，1979 年牲畜存栏量是 272.3 万头（只），到 1992 年下降到 268.4 万头（只），14 年来，不但没增加反而减少了 3.9 万头（只），人口从 4.7 万人增加到 6.5 万人，作为以牧业为主导产业的阿里，这怎么行呢？阿里要走出贫困，必须走出单一靠牧业收入的形态，走牧工商一体化的路子。”

“咱地区有 3687 名党员，区级以上干部 666 人，一名党员带 18 名群众，一名干部带 6 名党员，采取干部党员包户到人，一对一帮扶，就能带领群众闯开一条走出贫困的路来！”

两个人越聊话题越热烈，越聊精神越振奋，应急灯的电用完了，他又把手电筒打开竖在桌子上接着谈，全然忘记窗外呼啸的寒风。

1993 年 4 月，中共阿里地委开展寻遍阿里找优势，解放思想大讨论的活动，吹响了阿里全面发展的进军号。那个彻夜长谈的“孔安对”，具有关键的决策性作用。

在孔繁森的带领下，阿里地委、行署领导班子成员带组深入乡村进行走访调研。那辆挂着藏 06–00186 号牌的丰田越野车，载着孔繁森跑遍了阿里广袤的土地。当时全地区下辖 7 个县（噶尔、日土、改则、革吉、措勤、札达、普兰）、29个区、105个乡、377个村庄，管理村庄最多的乡下辖18个村，管理村庄最少的仅有1个村。改则县察布区海拔5000米以上，靠近那曲无人区，离县城直线距离也有400公里，路途遥远，行走困难，县里的干部去过的也不多，孔繁森先后三次去过这个被称为“人类生存极限之地”的荒原。

不到两年时间，阿里105个乡，他跑了98个，行程8万公里，从南部边境口岸，到藏北大草原，从班公湖边到喜马拉雅山脉谷底，到处都留下了孔繁森坚实的足迹。

在阿里，他有三分之一的时间在乡下度过，每次下乡大都要十多天，饿了，就吃点冻透的面包、干饼、方便面或者风干的牛羊肉；渴了，就喝点冰雪融水。在那人迹罕至、充满艰险的征途中，路不通就骑马，马上不去就攀登而上。因长时间骑马，他的大腿内侧和屁股都被磨破了，内裤和血肉粘在一起，这时他总是一个人躲在房间悄悄清洗。通信员发现了，心疼地说：“孔书记，流这么多的血得多疼啊！”孔繁森不以为然地说：“男子汉大丈夫流点血怕什么，别大惊小怪的乱嚷嚷！”

在高原生活，一场严重的感冒，有时就会夺去一个人的生命。但孔繁森一到阿里恰巧就感冒了，咳嗽得涕泪交流。为了不耽误工作，他一边大剂量地吃药，一边在宿舍自己输液。他跑了半个多月进行大调研，回到狮泉河，体重减轻了14公斤。有一次，地委会议马上要开了，但孔繁森还没有到，李玉建赶紧去宿舍叫他，原来他重感冒发烧了，在给自己输液，看见李玉建，知道要开会了，忙把针头拔掉，边向会议室走，边交代，“小李，不要让别人知道我生病了。”

神奇的圣地、原始的生态、丰富的宝藏

在亚欧版块与印度板块亿万年的地质变迁运动中，托举起了世界上独一无二的青藏高原。阿里，平均海拔4500米以上的雪域，被称为"地球第三极""世界屋脊的屋脊"，地球上最后的生态净土，偏远而又令人神往。这片雪域孕育了狮泉河、象泉河、马泉河、孔雀河四大河流，哺育了"阿里一错再错遍地错"（错在藏语中为湖的意思）而成为万水之源。水资源总量167.57亿立方米，水能蕴藏量达7593万千瓦，另外，太阳能资源居全国首位，能用于发电的太阳能、水能、热能、风能理论储藏量达到150多万千瓦。其中，神山圣湖就是上天赐给阿里得天独厚、开发潜力巨大、最具代表性的自然景观和旅游文化资源。喜马拉雅山脉、冈底斯山脉、喀喇昆仑山脉和昆仑山脉托起的群峰之中，位于普兰县北部6638米的冈仁波齐峰，以世界信仰的中心之态横天立地，是中国冈底斯山脉主峰，是中国最美的、令人震撼的十大名山之一，被誉为神灵之山，雪山之宝。冈仁波齐峰也是多个宗教中的神山。此山吸引着成群结队的国内外信徒常年在此转山。位于冈底斯山主峰——冈仁波齐峰和喜马拉雅山纳木那尼峰之间的玛旁雍错，佛教称“圣湖”，藏语有“不败、胜利”之意，是中国湖水透明度最高的淡水湖，也在普兰县内。每到夏秋季，佛教徒扶老携幼来此朝圣，在“圣水”里沐浴净身以延年益寿。近5000年的革吉古遗址遗迹、千年的象雄王国、突然产生而又瞬时灭亡的古格王朝、令人惊叹的扎达土林，在诉说着造物者的神奇。

阿里，是世界珍稀动物金丝野牦牛的故乡，是雪豹、藏羚羊、藏野驴、青羊、盘羊、棕熊等31种野生哺乳动物，黑颈鹤、天鹅、兀鹫等50种鸟类的乐园。这里充满着太多的历史文化之谜、宗教之谜、自然之谜，因路途艰险而为勇敢者向往，湖光山色而为观光者梦想，丰厚古迹而为学者心仪，理所当然地成为朝圣者的香巴拉、探险家的目标、登山家的领地、旅游者的天地。

阿里有仅次于那曲的西藏第二大牧场，草场面积3亿多亩，有着丰富的羊毛、皮张、肉类等畜产品资源，这里特产的开司米山羊绒被国际市场称为软黄金。地下储存有硼砂、硼镁、钠镁、岩金、沙金、盐、煤、钾等17种38类矿产，盐、煤储量可观，是创汇的主要资源。

通过三个月的阿里发展优势大调研，孔繁森在地委全委扩大会上总结出了阿里贫困的三大原因（思想观念落后、人才短缺、气候条件恶劣）和经济社会发展的六大优势（边疆和少数民族地区特殊政策、畜产品、矿产品、旅游、边贸、人口少），确定了“稳定一产、加强二产、发展三产，以开放促开发”的发展战略，他综合所有同志的调研成果和意见建议，详细解读中央和自治区的政策，客观分析发展的优势劣势，有理有据地分析，实实在在地探讨，以理服人地引导。他的报告在与会者心中引发震动，大家听得热血沸腾，有人说："孔书记到底是东部先进地区来的干部，看得准，观念新，政策吃得透！"还有的人说："别看人家来的时间不长，但看到了阿里这么多的资源优势，这么多的发展机会，我们'只缘身在此山中'，天天坐在聚宝盆里要饭吃，还心安理得！"更多的人表示：有这样一个想干事、会干事的书记，咱阿里有盼头了，干活也有劲头了。

比黄金更重要的发展信心，又回到了阿里人心中。

一幅穷则思变的宏伟蓝图在阿里大地铺开

孔繁森在地委、行署联席会上发表讲话："沧海横流，方显英雄本色。没有困难，要我们这些人来干什么！党组织把我们派到这里来，就是为了克服困难、解决问题的，就是来帮助农牧民拔掉贫穷根、栽上幸福树的！随着国家对边疆和少数民族地区优惠政策的逐步落实，阿里面临千载难逢的窗口期，我们一定要抓住这一发展契机，加快推进阿里的发展，坐失机遇，就是历史罪人。"

为了让阿里人民尽快脱贫过上幸福生活，孔繁森坚定不移地贯彻邓小平南方谈话精神和中央确定的"一个中心、两件大事、三个确保"的方针，利用全国支援西藏和改革开放的有利条件，制定了"北联新疆、南拓边贸，形成改则、日土两个矿产品开发区，噶尔、革吉、措勤三个畜产品开发区，普兰、札达两个国际旅游开发区，普兰、札达两个粮油生产基地，建设普兰、什布奇两个对外开放窗口，到 20 世纪末走出贫困、实现小康”的发展规划，先后实施了阿里防抗灾基地、狮泉河排水工程、五县住房改造工程等十几个民生项目，招商引资兴建了山羊绒梳绒场、鱼骨粉加工厂、硼矿脱水厂等。依据阿里地缘优势，以狮泉河为中心，扩大对日喀则、那曲和新疆的开放范围，以57条对外传统商贸通道为基础，扩大对印度、尼泊尔开放层次和规模，以旅游促边贸，打开印度市场，和日本丸红社达成文化合作意向，争取日方每年无偿给阿里文物保护、牧区教育和祭山项目投资。

为了事业的发展，他慧眼识人，当好伯乐，发现并选拔了一批年富力强、有担当、能干事的干部，其中，仅提拔藏族干部就有28人。由于调动了全体干部群众的积极性，一向封闭落后的阿里激荡起蓬勃发展的势头。

那些堆在桌子上的请调报告，像沉重的石头压在孔繁森心头。对想调走的同志，他认真询问情况，将心比心理解他们的困难。他并没向这些同志打官腔教育他们安心工作，无私奉献，也没有漠不关心、敷衍了事，而是设身处地为大家出主意想办法，甚至亲自出面联系接收单位。半年时间，孔繁森为五六名需要调动的同志在内地找到工作。当孔繁森同志通知他们去办理调动手续时，这些同志感动得热泪盈眶，说：“孔书记把群众的事当自己的事，有情有义。”他们不但没去办手续，反而表示要克服家庭困难，跟着这样的好书记再干几年。其他同志听到这个消息后，也都纷纷要回了自己的申请报告。孔繁森就是用这种将心比心、以心换心的方式，在不违背原则的情况下，尽最大力量帮助群众解决急难愁盼的具体问题，赢得了藏汉干部群众的一致拥护。他的笔记本上的最后几页，都满满地记录着群众托付他要办的事，多是他们的孩子就业、上学的备忘录。

我也是祖国边防的一块砖

阿里地处祖国边境和反分裂斗争最前沿，有 4 个边防县、15 个边境乡、52 个边境村，57 条通境外传统贸易互市通道，距离最近的印度哨所 3.5 公里，达赖集团有 20 多万人对藏区寺庙、学校、医院进行渗透，通过香客带来的手表、卡垫、饼干上都印有反动宣传内容。这些人在离强拉山口 28 公里的地方，设立接待站，策划宣传，收集情报，搞暗杀活动，煽动分裂。由于阿里防范严密，他们的活动始终不能得逞。孔繁森多次在会议上向干部群众强调：要旗帜鲜明地向国际社会表明，西藏自古以来就是中国领土的一部分，中国的内政不容干涉，中华民族大团结不容破坏，西藏主权归属不容置疑，西藏的发展进步不容阻碍。他亲自部署部队和民兵建立联防联动机制，随时准备应对境外敌对势力和分裂分子对祖国的渗透和破坏活动。

孔繁森深知肩上责任的分量，始终把国家安全、国防建设和社会稳定放在心中，十分关心边防军人。他上任第一天就到军分区和武警支队慰问干部战士，还带去了从拉萨专门为战士们购买的书籍和杂志。他对大家说："我是一个老兵，一辈子都对部队有感情。如果身上还算有些优点的话，都是部队这个大熔炉锻炼培养的。我和大家一样，也是边关长城的一块砖，我这个党委第一书记不是挂名的，是给大家办实事、搞服务的。"初次见面，孔繁森就给人留下真诚实在、慷慨热情的印象。

他多次深入边防基层调研，实地解决具体问题，每次下乡一定要去当地的兵站或者哨卡，在地区财政十分拮据的情况下，为军分区投资 80 多万元购买了一辆"沙漠王子"，解决了巡逻车辆问题。为无人区哨所送去新鲜牛羊肉、蔬菜、录像带和卡拉 OK 机，解决了缺少值勤，马匹、牦牛、军马专用草场和哨卡烤火牛粪等一系列问题。

时任西藏自治区副主席的次仁卓嘎非常关心孔繁森的身体健康，专门从拉萨带来红景天口服液和便携式氧气瓶，孔繁森一直舍不得用，到武警支队看入伍新兵时，送给了刚上高原反应严重的战士们。孔繁森了解到距离狮泉河 380 公里的巴尔兵站的官兵们，正常情况下两个月才能收到一次报纸和信件，很多的日报，到官兵手中都成为月报或半年报，如果赶上大雪封山，就有半年时间不通邮，他专门把地区邮电局长叫到办公室，当面交代在巴尔兵站增加了一个投递点。他到距离狮泉河 640 多公里的边防连慰问，看到那里的爱民病房办得特别好，高兴地从身上掏出 2000 元钱，捐给了病房。有位江苏籍战士向他写信求助，由于工作安排的不理想，未婚妻闹着要分手，孔繁森为此专门给时任江苏省省长陈焕友写信，请求帮助解决，挽救了一桩婚姻。就这样，孔繁森先后为 20 多位官兵或者家属解决了在内地的安置问题，帮助他们找到理想的工作。阿里军分区的司令员刘运通，老家是河南的，老母亲已经80多岁，三四年不能回家尽孝，在阿里工作多年，再待上几年身体就垮了。孔繁森看到这种情况，主动给他想办法，他直接给军委迟浩田写信反映情况，迟浩田想办法帮忙，刘运通才得以调回原籍。而对有着同样处境和实际家庭困难的自己，孔繁森却只字未提。

阿里武警支队政委刘成俊回忆：1994年9月19日，中秋节的前一天，措勤县武警中队的干部和战士们看着月亮非常想家。晚上10点多钟，风尘仆仆的孔繁森，从拉萨开会回来专程来看望大家。孔繁森握着战士们的手，问寒问暖问生活情况，说："马上过中秋节了，吃月饼了吗？"战士们对他都很熟，都毫不掩饰地噘起了嘴。中队干部解释：这里是藏区，没有过中秋的概念，跑遍全县也找不到卖月饼的。孔繁森说："没关系，我给你们带来了。"他让安七一秘书长从车上拿下月饼，分给大家品尝。这些长期离家的战士们手捧月饼都感动得哭了，他们说："孔书记这么忙，还想着高山上值勤的武警战士，牵挂着我们可能吃不上月饼，千里迢迢赶来和大家一起提前过中秋节，我们都很感动。"大家围着孔繁森又是唱又是跳，随行的地委秘书长安七一、《西藏日报》记者益西加措记得，孔繁森当时唱了两首歌《说句心里话》和《太阳月亮是一个妈妈的女儿》，和战士们一直玩到凌晨一点才休息。没等天亮，孔繁森让安七一叫醒司机，悄悄启程赶到下一个县的部队驻地，看望那里的干部和战士们，在漫漫长路的行进中，已经是中秋节了。

直到孔繁森出车祸的前8天，他还在向新疆军区首长请示解决阿里军分区干部家属就业和孩子上学的具体问题。

孔繁森主持制定阿里地区双拥规划，围绕"军民一心，共建阿里"

的目标，通过具有地方特色和实际效果的拥军优属、拥军爱民活动，进一步巩固和加强军政军民团结，广大牧区干部群众从内心里热爱和拥护“金珠玛米”“菩萨兵”，部队和地方干部群众同呼吸、共命运、心连心，为实现保卫边疆、建设边疆的任务目标共同奋斗。

孔繁森赴任后，就参观了军分区的“先遣连事迹展览馆”，了解到当年从新疆历尽千辛万苦挺进雪域，把第一面五星红旗插到阿里高原的进藏先遣连的事迹，特地向南疆军区发电报，请军区首长转告先遣连健在的老英雄们：阿里再穷、再困难，也要保障这些人民功臣们安享晚年。时任先遣连副连长、全军特级战斗英雄彭清云代表所有先遣连战友给孔繁森回信：感谢阿里党组织和干部群众，没有忘记他们，没有忘记历史，并祝愿阿里人民的日子幸福安康。孔繁森在“清明”“八一”等节日，都带领干部到阿里烈士陵园缅怀革命先烈，用烈士精神激励大家，铭记革命历史，发扬光荣传统，为党和人民做出应有的贡献。由于全面实施了双拥共建规划，全地区军政、军民团结出现崭新局面。日土县、札达县和军分区分别跨入双拥模范县和双拥先进集体行列，阿里地区双拥共建工作实现零的突破。

孔繁森要求部队狠抓军事训练，突出管理教育，全面提高科学化、现代化水平，时刻准备歼灭来犯之敌。他提出“一颗红心、一杆钢枪、一支钢笔”的“三个一”目标，要求阿里军人有一颗为党为国尽忠、为人民服务的红心；有紧握一杆钢枪，杀敌戍边把战备落到实处的军事本领；有适应市场经济和社会发展需要能写会算的一技之长；希望军分区按照军地两用人才的标准，加强对报务员、驾驶员、卫生员、文秘等人员的培养，鼓励有基础条件的干部战士通过各种考试和历练，成为有用人才。

武警中队有个战士叫梁福兴，四川万县人。他永远忘不了1993年4月9日那天，地委安七一秘书长和支队参谋长把他领到孔繁森身边开始做公务员（当时社会上对警卫员、通信员、勤务员的合称）。看他聪明伶俐，好学上进，孔繁森就鼓励他报考军校。开始梁福兴感到信心不足，孔繁森就专门为他请来辅导老师，买来辅导书籍，制订学习计划。要求他每天早上8点起床，夜里3点睡觉。为了让小梁安心学习，本来是组织给他配备的服务人员，他倒反过来成了照顾小梁的人。备考期间，孔繁森专门从药店买来增强记忆的口服液，考试期间，孔繁森早早起床为小梁做早饭，做好饭才叫醒他。考试时，孔繁森又把他送进考场，每次考完出来，总看到孔繁森在门外等候，关切地询问小梁的考试情况。功夫不负苦心人，小梁终于以考区第二名的成绩，考入西安武警技术学院。

阿里是个多民族的地区，辖区内有藏、汉、回、蒙古、维吾尔、哈萨克等27个民族，藏族占当地人口的94.7%。孔繁森始终把民族团结作为各族人民的生命线，教育引导全区干部群众深刻认识“团结稳定是福、分裂动乱是祸”，在涉及党的领导、社会主义制度、国家统一、民族区域自治等大是大非问题上立场坚定、毫不动摇，树牢“汉族离不开藏族、藏族离不开汉族，各民族谁也离不开谁”的理念，像亲兄弟姐妹一样携手推进团结进步事业。

1994年4月，阿里遭遇一场乙肝病毒袭击，地委、行署不少干部都染病住院。许多人对病人唯恐避之不及，孔繁森却多次去医院看望慰问他们。医生好心提醒：“孔书记，肝炎容易传染，你尽量少来！”孔繁森笑着说：“比起病毒传染来，病人更需要的是我的安慰。”洛桑旦达专员不幸感染上乙肝病毒，孔繁森看望他，他有意远远避开，生怕传染上孔书记。孔繁森毫不介意走到他身边，紧紧握住他的手“别牵挂工作，安心养病，很快就好！”洛桑旦达专员慌忙抽出手去，感动地说:“你可不要再来看我了，等我好了，主动去找你！”孔繁森再一次握住他的手说:“老洛，没关系，你想多了！”洛桑旦达久久握住孔繁森的手，眼里噙满感激的泪花。

达瓦次仁副书记分管组织工作，单身一人，晚上经常加班写材料，非常辛苦，他一度与孔繁森在工作认识上有些分歧。孔繁森在他加班的时候，主动让小梁邀请他到自己办公室，饿了就煮点面条，渴了就泡杯茶，累了就陪他下两盘象棋，后来，达瓦有时不加班，也跑到孔书记这边来住。他说一个人住不热闹。孔繁森让达瓦睡床，自己睡沙发；达瓦却坚持睡沙发，孔繁森睡床。最后，两个人像亲兄弟一样挤在一起睡，每每想起这些往事，梁福兴就感动不已（梁福兴:《我和孔繁森书记在一起的日子里》)。

阿里有寺庙 36 座，古寺庙 6 座。兼任地区政协主席的孔繁森重视民族地区的宗教工作，多次深入宗教场所，对广大僧俗群众进行爱国主义教育，为宗教界人士解决实际困难，成为他们的好朋友。

旦增旺扎活佛，著名的藏学家、藏医学家，曾担任全国政协委员、中国佛教协会理事、西藏自治区政协常委、阿里政协副主席、阿里地区佛教协会会长、藏医院院长等职务，几十年来，他多次为医疗卫生事业和灾区捐款，培养了大批藏医人才。孔繁森到任后，专程拜访旦增旺扎活佛，虚心向他请教阿里的历史、风土人情和宗教文化，探讨发展藏医藏药、解决农牧民缺医少药问题的方法，征求他对地区政协工作的意见。旦增活佛对孔繁森来阿里后表现的敬业精神和对藏族群众的博大爱心，早有耳闻，深感敬佩。他说:“我活了这么大年纪，第一次见到对藏族群众这样好的‘大本布拉’。”他被孔繁森的真诚和谦逊所打动，口诵佛经为他祈祷：“孔书记，佛祖保佑你这位爱国佑民、大慈大悲的共产党人！”临别时，孔繁森看到门口等待着看病的农牧民，主动问：“活佛，需要我做什么？”旦增活佛说：“我想办个藏药厂，在家乡再建一个藏医学校，我今年72岁了，想把这些东西传下去，就是资金——”孔繁森接过话头说：“您放心，我们研究一下，就给您答复。”两个月后，孔繁森把一辆崭新的丰田车停到活佛的藏医院门口，并告诉旦增老人：“你出门行医，年纪大了，要注意安全，不能再骑马了。”还告诉他，建设藏医学校的愿望也可以实现了。老活佛感动得半天说不出话来，双手合十，不住地感谢。孔繁森摆摆手，说：“不要客气，这是地委对藏医事业的关心。”1994年阿里地区投资30万元，在普兰县八嘎乡塔钦村修建了一座建筑面积为970平方米的藏医学校（见《阿里地区志》）。

1994年9月，孔繁森和旦增旺扎、王惠生一起受到国务院表彰，阿里地区同时出现了三位“全国民族团结进步先进个人”。

孔繁森去世后，旦增旺扎站在孔繁森遗像前，泣不成声。他专门撰写悼念文章，表达对孔繁森的追思和崇敬之情。2016年5月，笔者拜访旦增旺扎的弟子、古入江寺主持楚成平措，这时孔繁森已经去世22年，旦增旺扎也已圆寂10年。楚成平措动情地讲起活佛和孔繁森交往的故事，还邀请我们瞻仰了他供奉在经堂里的活佛和孔繁森在一起的合影照片。然后，他又回到他的诵经处，用藏文书写了一首颂词，用金色哈达包裹好双手恭送给笔者。这首诗的大意是：孔繁森为平民百姓谋利益，有慈母般善良的心，他时刻关注着群众，他是阿里人民的骄傲。

“我在哪里发生不幸，就把我埋在哪里！”

1994 年 2 月，一场 50 年未遇的暴风雪席卷阿里，让这片土地上还没实现温饱的牧民群众雪上加霜，狂风携裹着暴雪无情倾洒，覆盖着原本没有多少饲草的荒原。当地百姓称这种灾害为“白灾”。灾害造成 50 万头牛羊因冻饿而死，30% 的牧民已经断粮，直接经济损失超过亿元。灾情传到狮泉河，孔繁森寝食难安，和专员洛桑旦达一起商量对策，连夜召开地委、行署联席会，研究救灾方案。孔繁森向大家通报了各县区的灾情，立即组织三个工作组，分赴噶尔、革吉、改则三个县。他让洛桑旦达在家指挥，搞好救灾物资组织协调运输，向自治区汇报灾情和救灾情况，自己则亲率工作组向灾情最严重的革吉等县进发。

被誉为越野王子的丰田，此时在厚厚的积雪面前失去了威风，一道道雪丘挡住了去路。孔繁森命令大家用铁锨挖，大家脱下大衣，跪在地上一锨一锨清挖着，每挖一尺，车子就前进一尺，折腾了几个小时，总算挖出一条通道，但人们已筋疲力尽。孔繁森看看手表，已经下午4点多了，肚子也开始咕咕直叫，大家已经七八个小时没吃东西了。他招呼大家围坐在一起，从口袋里摸出压缩饼干，一人一块，就着雪团吃起来。这时，军分区派来的牵引车终于到来，在牵引车的引导下，汽车缓慢地往风雪弥漫的前方爬行。

在前方，大家终于发现一顶帐篷，帐篷前一幅惨不忍睹的景象：成片的冻死饿死的牛羊，横七竖八地躺着，有的幼羊皮毛被饥饿的同类啃光了，露出血淋淋的皮肉，有的牧民为了保存皮张，把剥皮的牛羊都丢到雪地里，猩红的尸体被白雪映衬的格外刺眼。有的牛羊还大睁着绝望的眼睛望着这个世界。孔繁森走进帐篷，女主人迎了出来，没说一句话，先哭了："羊死了40只，人也没有吃的了！"孔繁森让人

孔繁森（右一）下乡时和同事们在路边就餐

把带来的青稞送到她手里，安慰她说："不要怕，救灾物资马上就到，有党和政府，再大的困难也能克服。"在另一座帐篷里，孔繁森看到一位老阿妈和两个孩子瑟缩在卡垫上，老人的破棉袄披在一只羊羔身上。孔繁森回到车上，脱下自己的毛衣、毛裤，连同身上的300元钱，都留给这一家人。老阿妈感激地直念叨："活菩萨，活菩萨！"

1994年2月27日凌晨三点，由于连日超负荷的工作和长时间的高原反应，让孔繁森头晕目眩、心跳加速、恶心呕吐，有着医学知识和高原生活经验的他，预感到危险的临近，为预防不测，他在笔记本上给梁福兴写下这样的交代：

小梁：

不知为什么，我头痛得怎么也睡不着觉，我是在海拔近6000公尺的地方给你写的信，人有旦夕祸福，天有不测风云，我有一事相托，万一我发生了不幸，第一，你不要难过。第二，你给地委领导讲不幸的消息，不要给我的家乡讲，更不能让我的母亲和家属孩子知道。第三，你要每月以我的名义，给我家写一封报平安的信。第四，我在哪里发生了不幸，就把我埋在哪里。切记，切记。

是坚强的意志，还是未完成的使命，让孔繁森硬是挺过了这个魔鬼时刻，在高原上第三次与死神擦肩而过。从日记记录来看，孔繁森并没有停下跋涉的脚步，19个小时后，他到达了革吉县的盐湖区；第3天，到达了改则县康托区；第4天，到达了改则县麻米乡。在现场第一线连续指挥抗灾长达16个昼夜，患有多种疾病的孔繁森简直是在以命相搏。

当时，札达县达巴区因交通中断和县里失去联系多时，孔繁森不听劝阻执意前去，他们一行7人，爬冰卧雪、风餐露宿，终于到达灾区。随同采访的阿里电视台记者李新国，拍下的孔繁森在汽车旁铲雪开路、干吃方便面、趴在马背上喘息的珍贵镜头，都是那时记录下来的。在历时两个月的抗击雪灾斗争中，孔繁森和他的战友们行程8000公里，进村入户调研，发放救济粮款300多万元、救灾物资上百吨，创造了特大自然灾害情况下，全地区没有冻死、饿死一个人的抗灾奇迹，取得了抗击雪灾的全面胜利。

从西藏来北京，26天了，数今天最高兴。此刻孔繁森坐在福临门包子铺里准备吃饭，心中充满成功的喜悦。580万元的救灾款，2000万元项目资金，还有大宗过冬物资。想想这些，孔繁森没有不高兴的理由。

这是1994年7月的一天，孔繁森在参加全国西藏工作会议之后，并没着急回去，他带着阿里的项目可研报告和救灾申请，到国家有关部门争取项目和资金支持。可按照申报流程，他必须从西藏自治区逐级上报审批。可想到阿里的发展和灾情，孔繁森坐不住、等不得，他要亲自找国家部委的领导去当面争取。吃了几天闭门羹之后，孔繁森决定采取最后行动。安七一劝他说："咱还是回去按程序上报吧。这样是不是有点太冒险——"孔繁森打住他的话，说："阿里的灾后重建，实在等不得啊！"

连续几次的求见和等待，让那些门卫们对孔繁森这位为民请命的好干部产生了同情和好感。他们悄悄告诉孔繁森要找领导的车牌号，最终，孔繁森通过门口拦车还真的见到了想找的领导。领导很忙，答应只给孔繁森五分钟的汇报时间。当看到孔繁森上报的材料、亲手拍摄的阿里遭受雪灾的照片，不禁为孔繁森的执着和阿里的贫困感到震惊。

当领导得知，为了阿里人民脱贫致富，孔繁森吃着路边的小摊、住着每人60元一天的小宾馆，并在北京等了这么久时，忍不住握着孔繁森的手，感动地说："不好意思了，真得好好向你学习！"

在北京的最后午餐，也是孔繁森早就答应慰劳大家的。来京后，他们一直在前门附近胡同里吃小摊。孔繁森说："北京一顿饭几百元，能救助多少灾民和牛羊，藏族群众一个人一年的温饱就解决了。想想那些饿肚子的农牧民，大鱼大肉咱能吃得下吗？"

吃完饭后，安七一就回西藏，孔繁森回聊城休假，看望一下老娘。安七一知道孔繁森手里没钱，就对他说："孔书记，我给你留点钱。昨天你给曲英、贡桑买了一大包东西，这次回老家，总不能空着手看老娘吧！"说着，把300块钱强塞到孔繁森手里。孔繁森把钱接过，说，"我回去还给你！"就起身去了洗手间。

望着孔繁森的背影，安七一心中有种说不出来的滋味。孔繁森援藏十年，自己的工资都用来接济别人，甚至连老婆在农村卖棉花、粮食，家里买彩电的钱，都花在藏族老人孩子身上了。此时，孔繁森躲在卫生间隔断里泪流满面。几天前，妻子王庆芝给他打了两次电话，说90多岁的老娘好几天水米不进，神智迷糊，大夫也让准备后事。让他抓紧回去，晚了恐怕见不了最后一面了。孔繁森说："这两天正是关键时候，我走不开，你多受累，咱娘不会有事！"妻子催问何时回去，他犹豫着，直到妻子摔了电话。孔繁森虽然安慰了妻子，但心始终悬在半空中。他默默祈祷："娘啊，千万、千万等着我回去！"

这次回家，孔繁森是高兴的。也许是见到了孔繁森情绪好了，病危的老母亲竟然奇迹般地好了。孔玲说：“爸，你就是俺奶奶的‘神药’，你一回来，她就又能吃能喝了。”孔繁森对王庆芝说：“我这次回来，好好休个假，陪陪老娘、陪陪你，给孔静举办婚礼，完事后和玲玲一起到重庆西南政法学院拜访一下老师，孩子上学这么长时间，我这当家长的还没给人家见过面呢，真不应该啊！”他悄悄告诉妻子：“组织已经安排，过完春节就应该回来了，咱两个人再也不分开了！”没想到两周后，孔繁森接到电报通知：1994 年 9 月 10 日，自治区党委在拉萨召开四届六次全委（扩大）会议，传达贯彻中央第三次西藏工作座谈会精神，会期 8 天，地县以上干部参加。计划没有变化快，通知打乱了孔繁森圆满的计划。当他把这事告诉家人，孔静哭了，她赌气责问父亲：“为了等你，五一推到七一，七一推到八一，八一又推到十一，你成心不愿参加是吧，不参加拉倒，我照样结婚！”玲玲说：“爸，要不你开完会以后再回来，参加完婚礼再回去。”孔繁森摇摇头，说：“不行啊，开完后，我得回阿里贯彻会议精神，恐怕又得忙起来了。”王庆芝对孔静说：“别让你爸为难了！”看到妈妈也不向着她们说话，孔玲也生气了，把矛头指向妈妈：“你就惯着他吧，连你他都不管，还管我们。”一家人本该其乐融融的饭局闹得不欢而散。

1994 年 8 月 24 日晚，孔繁森把陈孝忠、梁其峰邀到东昌宾馆一个房间，三个人聊到第二天天亮。孔繁森和两位知心朋友详细确定了孔静婚礼婚宴的所有细节，商量宴请客人的名单，婚宴的标准，包括男方来宾的陪同人员，希望二人多操心，帮着王庆芝把孩子的婚事办好。“我这个不合格的爹，拜托二位了！”孔繁森站起身，恭恭敬敬地向他俩鞠了个躬。最后，他特别强调，宴请人员数量严格控制在他定的名单范围，一定不要大操大办，在城里找一家小饭店，不要张扬。

临行前，他和好朋友陈明远（地区文化局艺术馆干部）回到五里墩。他把老母亲从里屋床上抱到外屋的轮椅上，用热毛巾给她擦脸，用温水给她洗脚。最后，再一次为老人梳理稀疏的白发。老母亲这时虽然有些糊涂，但凭经验感觉儿子又要出门，问："三儿，你又要走了！"孔繁森点点头。老母亲像老小孩儿似的说："你不要娘了！"孔繁森强作欢颜说："几天后，我就回来了！"老母亲放心了。陈明远趁孔繁森为老母亲梳头的工夫，拍下了这张后来感动了千万人的照片。

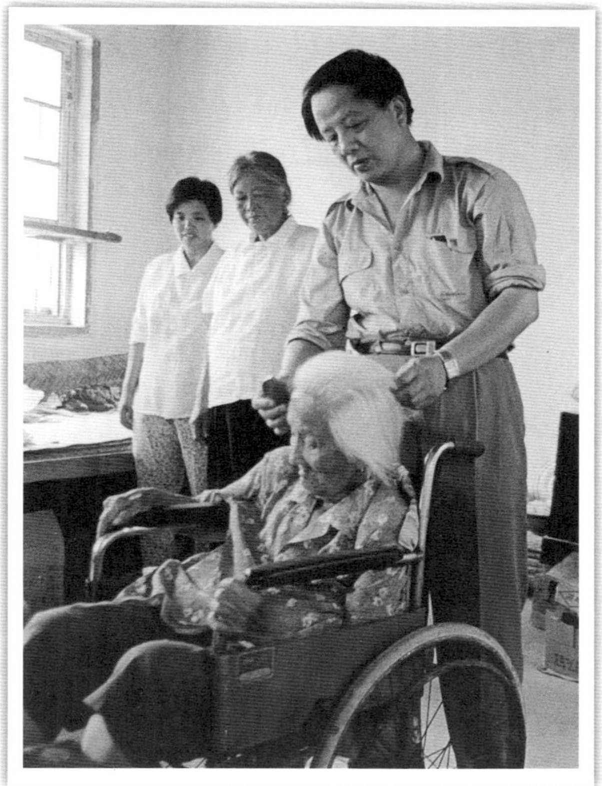

孔繁森是出名的孝子，每次远行之时，总是与老母亲依依不舍。这是他最后一次离家时，为耄耋之年的老母亲梳理稀疏白发的场景

事后，孔繁森给孔静写了封信，说：“我是你的爸爸，但同时又是阿里地委书记。这职务不仅仅是一个称谓，更是一份责任，一副担子。我身负重任，不能舍大家顾小家，请理解爸爸。”直到孔繁森去世多年后，孔静还不能完全原谅爸爸，后来，她走上领导干部岗位，才终于理解了爸爸，她说，“爸爸的选择是正确的，换了现在的我，也会这样做！”

和孔繁森一起工作的柴腾虎回忆：有一天午饭后，看到孔繁森闷闷不乐的样子，就把他叫到无人处，关怀地询问原因。孔繁森说：“今天是大女儿结婚，大喜的日子，我这当爸的都参加不了，我把孩子的心伤透了。”孔繁森同志纪念馆陈列着孔繁森一家五口最后的全家福，站在孔繁森夫妇身后的孔静，把心中掩饰不住的不悦流露在脸上。96天后，孔繁森就永远离开了这个世界和他挚爱的所有人。

一定要守护好这片高天净土

孔繁森分管林业和担任过林业局局长的经历，让他知道林业在国民经济和生态环境建设中的地位，更清楚森林与人类的关系，特别是在阿里生态环境特别脆弱的地方。孔繁森到阿里不久，身体还没完全适应过来，就带领机关干部开展义务植树活动，并在自己小院门前种下两棵班公柳。在那个“活一棵树，比养活一个孩子还难”的地方，他积极倡导绿化和生态修复。1994 年 9 月，孔繁森在参加自治区四届六次全委（扩大）会议期间，主动找有关部门筹集狮泉河防风固沙工程资金。狮泉河生态破坏，和滥砍滥伐红柳有直接关系。阿里地区冬季长达 9 个月，年平均气温零摄氏度以下，取暖是个突出问题。孔繁森在发展红柳种植的同时，推广太阳能暖房建设，抓好苗木基地建设，促进生态建设良性循环。他推崇红柳在严寒贫瘠条件下的顽强蓬勃的生命力，专门写过一首《咏红柳》来赞美红柳的品格：

无限戈壁绿一层，历尽沧桑骨殷红，只因生在大漠下，敢笑翠柏与青松。

在阿里的东北部是一大片人迹罕至的无人区，这里除了冰川、湖泊和高山，还有蓝天、白云和阳光，这里也是野生动物的乐园。放眼望去，辽阔的草原上千禽飞翔，万兽跃动，如骏马一般的藏野驴，威风凛凛的野牦牛，长着美丽长角的藏羚羊，“登山能手”岩羊，飞禽之王黑颈鹤，以及熊猞猁、狼、狐狸等等都在这里繁衍生息。有一段时间，一些不法商人以猎杀野生动物为发财之道，滥捕滥杀国家明令禁猎的动物。孔繁森了解到这一情况后，非常严肃地指出：捕杀禁猎动物是犯罪，一定要从严处理。他抓住几个典型案子，公开处理，随后要求各县人大政府及公检法部门联合行动，严厉打击了猎杀野生动物的犯罪行为。

班公湖是镶嵌在阿里高原的一颗明珠，它以闻名遐迩的班公湖鸟岛吸引着无数国内外游客。每年春季来临，当来自孟加拉的暖流轻轻吹拂着沉睡在寒冬里的阿里高原时，也随之带回了头一年冬季从阿里高原飞往南亚大陆避寒的鸟群。成千上万，遮天蔽日的斑头雁、棕头鸥、赤麻鸭、秋沙鸭、巨头潜鸭等在岛上飞翔欢舞，这里是鸟的自由王国，每年五六月份，遍地鸟卵，使人无处下脚。

孔繁森陪同时任西藏自治区副主席拉巴平措登上鸟岛，当他亲身领略这个鸟类世界的风光时，简直陶醉了，时而拍照，时而拣起地上五光十色的鸟卵，爱不释手地欣赏着，然后又恋恋不舍地放回原处。远远看见正在孵卵的鸟儿，他轻声提醒大家悄悄躲开。一位随行人员想要捡些鸟卵作为纪念时，孔书记急忙上前制止说：“一颗鸟蛋，就是一个生命，应该善待鸟类，千万伤害不得。”当他看到游人日渐增多，已经影响了鸟儿们的生存环境时，当即告诫日土县主要领导：“要尽快上报，建立保护区，千方百计保护好这个鸟岛。”他要求在鸟岛上规划出人行道路，尽量不要干扰鸟儿的正常生活。

1994 年 10 月的一天，孔繁森一行到日土县访贫问苦，路过一个大湖时，湖边上有许多鸟儿在水边栖息，当车刚驶过不久，忽然听到后面响起了枪声。“有人在打鸟。”孔书记迅即命令司机小杜返回，紧急赶到湖边，一下车孔书记就大声喊：“不许打鸟，不许打鸟！”马上制止了这种恶劣行径，并责令部下立即采取措施，当场收缴猎枪。

一次，柴腾虎与孔繁森到改则县察布区考察，刚从察布小学出来，正好碰上几个牧民群众，其中一个好像跟孔书记很熟，他们向孔繁森反映：察布区是个贫困乡，相当一部分群众以打猎为生，如果不让打“长角羊”（藏羚羊），群众生活就会受到很大影响。这时候，孔书记耐心地给他们解释：捕杀国家保护动物，属于违法行为，千万干不得。他当即要求随行的县、乡领导，无论如何要安排好群众的生活，接着又从身上掏出了 200 元钱，送给了其中一个衣着单薄的中年人。

孔繁森对大家说：“西方国家的记者看见天鹅、鹭鸶、沙鸥等珍贵水禽很是惊讶。来西藏之前，他们听说西藏的生态破坏严重，环境受到污染，来了才知道这些说法都是对西藏生态环境保护的无知和歪曲。西藏的大气质量在全国最好，我们保护野生动物，保护中华水塔，保护好草场、湖泊，既是造福当代，惠及后世的善举，也是对全人类的贡献，更是对西方国家在西藏问题上肆意诋毁中国行径的有力回击。”

孔繁森每次在鼓励开发阿里旅游资源的同时，更加重视对神山圣湖的水质、古格王朝的精美壁画、野生动植物的保护，当别的领导干部盯着现有的矿产资源，极力建议开发发展经济的时候，孔繁森坚守国家环境保护政策底线毫不动摇，他说："我们把老祖宗留下的阿里看守好，保留它的原汁原味就功德无量。"在经济落后的阿里，在30多年之前，他比别人看得更远。他带领地委一班人科学处理资源开发和保护的关系，确保阿里这一人间天堂，天更蓝、水更清、生态更良好。透过对一棵树、一朵花、一只鸟、一条鱼的呵护，就可以看到他热爱阿里的山山水水的赤子之心和无限深情。

心里总是装着藏族群众

1994年5月17日，柴腾虎接到地委办公室通知参加地区纪检工作会议，已经过了开会时间，孔繁森还没到，人们交头接耳，议论纷纷，不知出了什么事情。早晨还和孔繁森一起吃饭的柴腾虎心里很纳闷。等了半小时，才有人告诉他们，孔书记有急事下乡了，会议不开了。什么事这么重要，连会议都改期呢?

原来是革吉县亚热乡突发传染病，地区卫生部门派专业人员赶到现场指挥防控。孔繁森听说后，二话没说叫上司机赶赴病区。组织地区卫生局和县乡党委、政府采取隔离、救治措施，把传染控制在最小范围内，同时向自治区报告，争取药品和物资支持，等一切安排就绪，已经快中午十二点了。司机小杜看着孔繁森，指了指自己的肚子，孔繁森会意地笑了，说:“好，这里没事了，咱们走吧。”当他和周围的干部握手告别的时候，听到传来一阵哭声。孔繁森拨开人群，向着哭声走去，看到路边的帐篷里，躺着两个患病的小兄妹，口鼻出血，呼吸微弱，如不及时抢救，就会有生命危险，孩子的母亲撕心裂肺地哭着，祈求身边好心人救救她的孩子。孔繁森马上俯身抱起一个孩子，然后对地区医院班久院长说："抱上孩子，快送到医院！"两个人跑到车跟前，司机小杜挡在车前，对孔繁森说："书记，孩子已经不行了，毁在您车上怎么办？"孔繁森一听，生气地说："少废话，什么我的车，快打开车门！"看到小杜还在磨蹭，马上以不容置疑的口气说："小杜，我命令你让病人上车，不然，我、我开除你！"这个小杜，平时一直忠诚听话，就是担心万一孩子死在书记车上，会特别丧气。他和孔繁森在一起快两年了，第一次见他发这么的火，吓得赶紧打开车门，安顿好两个孩子和他们的母亲，驱车飞驰在茫茫荒原。到了医院，孔繁森抓紧时间安排抢救，直到两个孩子脱离危险，他才放心地离开。坐在车上，小杜说："这下可好，为了两个孩子，耽误了一个重要会议。"孔繁森回答说："再重要的会议也没有人命要紧，人民群众的死活都不管，开那些会有什么用呢！"

两个孩子住院期间，孔繁森多次带着食品去看望，还让地委食堂专门给两个小兄妹包了水饺，那段时间，医院的医生护士都叫这两个小兄妹为"孔书记的小病号"。两个孩子起死回生，孩子的母亲感激涕零，通过翻译告诉记者："这俩孩子的父亲去世不到两个月，要是孩子再有个闪失，我也不活了！孔书记和政府救了我这个家。"

1994 年 9 月 24 日，孔繁森带领改则县委书记洛加一路北上赶到察布区了解救灾物资到户情况，来到一个帐篷前，向女主人询问她家的生产生活情况，女主人满意地说："雪灾以后，政府给买了 10 只绵羊，5 只山羊，600 斤粮食。这个冬天，粮食有了，酥油有了，牛羊粪

孔繁森指挥救灾时遇到儿童，把随身带的食品分发给孩子们

也有了，男人到修路队干活，一天挣 20 多元钱呢。”这一家一共有 5 个孩子，大的 17 岁去放牧了，小的 3 岁，只有一个在区小学当“三包生”。孔繁森叮嘱地方干部，有吃有喝还不行，得想办法让孩子念书。临走时，孔繁森又从兜里掏出 50 元钱，给那位母亲，说：“给孩子买双鞋吧！”女人高兴得不知说什么好。在场的干部们发现，三个孩子有两个孩子赤着脚、一个孩子脚上的鞋子已经挂不住脚了。回来的路上，洛加感慨地对柴腾虎说：“孩子脚上没鞋，我们怎么就没发现，书记给了钱，我们才看到？”柴腾虎说：“这就是我们和书记的差别！”

时任阿里军分区副司令员靳树绩介绍说：“西藏广大农牧民从奴隶社会直接进入了社会主义，由于历史原因，阿里牧区生产生活条件很落后，群众当时吃不上饭，衣不蔽体的情况比较普遍。”孔繁森到底雅乡检查工作时，就把身上的毛衣毛裤脱下来，送给在风雪中瑟瑟发抖的老乡，边防连的同志赶紧给他找了一件皮大衣。他裹着那件皮大衣，穿着秋衣秋裤回到地委机关。下乡指挥抗击雪灾回来的时候，他把军分区特意为他配备的“四皮”（皮大衣、皮帽子、皮手套、皮棉鞋），除了鞋之外，全部送给了灾区牧民。

孔繁森不知道，牧区老百姓早已把对他的感激，编成赞美的歌儿，献给他这位共产党派来的“大本布拉”：

我们生在阿里长在阿里，从没见过这样的好心肠，共产党像太阳，他派来的“本布拉”像佛爷一样，又看病又送药，还把我们救出贫苦的泥塘！

坐不住，慢不得，等不起

1994年9月29日，孔繁森主持召开地县乡三级干部大会，传达中央第三次西藏工作座谈会和区党委四届六次全委（扩大）会议精神，研究制定贯彻落实方案，在会上做了《加强民族团结，促进发展和稳定》的报告，在会上他大声疾呼：如果我们不开拓创新，不努力拼搏，我们就会成为历史的罪人，就对不起党中央的关怀，对不起人民的培养，对不起我们的家人。必须以强烈的事业心，团结和带领广大干部群众，排除达赖集团的干扰破坏，加强基础设施建设，发展经济，繁荣文化，改善生活，保护生态环境，促进社会进步，巩固民族团结、祖国统一、边防稳定。

他号召全体党员干部紧急行动起来，借党中央大力支持西藏的东风，以心有目标“坐不住”，身有压力“慢不得”，想到群众“等不起”的强烈责任心和紧迫感，以“新的精神面貌、新的思维方式、新的工作思路、新的工作姿态，抓住机遇，加快发展，努力开创阿里工作新局面”，从“五个新”“一个抓住”“一个加快”“一个努力”这些关键词，就足以看出孔繁森带领干部群众谋发展、保稳定的急切心情和开创新局面的雄心壮志。1994 年 10 月 10 日的《西藏日报》全文刊登了这个报告。

阿里大地向贫困宣战的号角嘹亮地吹响，一座座工厂在荒原上拔地而起，隆隆的机器声打破了这片土地千年的沉寂；朗久电厂改造工程顺利完工，狮泉河的夜晚，地上的灯光和天上的星星相映生辉。1994 年，阿里地区生产总值超过 1.8 亿元，比上年增长 37.5%；工业生产总值 829 万元，比上年增长 58%；居民收入超过 1.1 亿元，比上年增长 6.87%；农牧民人均收入 725 元，比上年增加 80 元。7 个县中有 5 个县，财政收入突破 100 万元大关。经济发展彰显强劲的发展势头和充足的后劲，阿里开始步入快速发展的新阶段。

他心里总是想着别人

在拉萨担任副市长时，孔繁森就有个计划，想在三年之内走遍山东援藏干部的工作地点，五年走访完这批干部的家庭。只要有机会，他就顺便去看看他们或者他们的家属，了解他们的工作生活情况，最大限度地为他们排忧解难。有两位干部一年多仍然不能适应高海拔环境，如果硬挺容易把身体拖垮，孔繁森积极向上级组织部门反映，后来，他们其中的一位调整到林芝纪委，另外一位直接调回山东。

有一天，他和李玉建在街上散步，看到不少人围在一起抢着买葡萄，这些葡萄都是从遥远的新疆运来的，一般运不上来，在阿里很难见到。看到还剩下 20 多斤，李玉建也不问价，直接说：“多长时间没吃过葡萄了，我包圆了！”孔繁森忙制止他：“买上五六斤解解馋就行了，阿里市面上好不容易有了葡萄，你都买光了，别人就吃不上了！”1994 年藏历新年前夕，《西藏青年报》记者张焰到达狮泉河，稍事休息准备到札达采访。孔繁森看到后，高兴地表扬他们，说你们是第一个在春节来阿里采访的记者。了解到下乡车辆有困难时，孔繁森亲自帮他们找了一辆越野车随行服务。

那是一个大年三十的晚上，车子行至一个叫达阪的地方，因为路面上的积雪太滑，突然失去控制侧翻在路坎上，几个人使劲掀推，怎么也扶不正。雪还在下，车子外面的温度已是零下 30 摄氏度，他们只好蜷曲在车内，靠着发动机的余温驱寒。在这百里之内不见人烟的地方，他们无奈地等待奇迹的出现。不知过了多久，只见远处出现了灯光，札达边防营的官兵像天上的下凡神仙赶来救援，把冻僵的几个人从车里拉出来，把侧翻的车子拉正，牵引到大路上。原来，细心的孔繁森一直牵挂着他们，晚饭前派人打电话，询问拉萨记者是否安全到达，得知天近傍晚还没到达，熟悉阿里道路情况的孔繁森预测到，路上可能发生了意外，安排县委通知驻军沿路接应，并下达了“生要见人，死要见尸”的命令。经过五六个小时的艰难搜寻，终于找到张焰等人。回忆起这段起死回生的历险，张焰感动地说：“要不是孔书记派解放军来营救，也许我们几个早就冻死了。他的一个电话，救了一车人的命。那是我终生难忘的春节，孔书记是我们的救命恩人！”

无法兑现的承诺

改则县察布区有一座世界上海拔最高的小学校，那里有一对热心教育、甘心奉献的未婚夫妇。1994 年国庆节前夕，孔繁森和改则县副县长周美亭等人驱车两个多小时风尘仆仆赶到这里。孔繁森早就听说这对年轻的恋人，女的叫德吉卓嘎，男的叫嘎尔玛。两人师范毕业后，下决心通过教育改变贫困孩子的命运，双双离开县城，在偏僻的山顶小学，默默无闻地为藏区的教育奉献着青春和力量。孔繁森听说，他们国庆节就要结婚，专门从拉萨买来贺喜的礼物，为他们喜结良缘送上祝福。孔繁森拉着两个人的手，像一位慈祥的父亲，他高兴地说："听说你们要在国庆节结婚，我特意和周县长提前赶来向你们祝贺，谢谢你们为教育事业做出的贡献，希望你们继续努力，让更多的孩子通过知识改变命运。"他向这对新人赠送了香皂、毛巾、护肤品和带着

“囍”字的脸盆，最后，他把一条红纱巾系在德吉卓嘎的脖子上，说：“这更像一个新娘子了！”德吉卓嘎激动地流下了幸福的泪水，一再表示：感谢书记的关心，一定扎根牧区做一辈子老师，让孩子们学文化长知识，为藏区的发展培养有用的人才。

临上车，孔繁森风趣地对小两口说：“你们两个既要当教书育人的先进，也要做优生优育的模范！我等着来喝你们的喜酒。”说得德吉卓嘎羞红了脸庞。嘎尔玛挽着孔繁森的胳膊，依依不舍地说：“孔书记，我一定给你留着上好的喜酒，你可要早点来啊！”孔繁森说：“我一定来！”车子缓缓开动了，两位青年一直站在那里，向孔繁森一行挥手告别，德吉卓嘎挥动着孔繁森送她的那条红纱巾，一直等汽车消失在远方（周美亭《永恒的记忆 深切的怀念》）。

1994 年 11 月 7 日，孔繁森陪同自治区党委常委、党委宣传部部长陈汉昌在普兰县谢尔瓦村考察，这个村是个坐落在孔雀河畔的边境小村庄，河对面就是尼泊尔。为了调研边境贸易的开放，孔繁森多次来到这里，很多老百姓都认识他。在村长家里，他们就群众收入、边贸开放政策、生产生活、未来市场规划，进行了热烈地交流。他还给十几个找他看病的群众诊了脉、发了药。这是他在阿里到过的最后一个村庄。

1994 年 11 月 14 日，阿里武警支队政委刘成俊和爱人起了个大早，为孔繁森包好了水饺。孔繁森屋里一直挤满了人，有孔繁森叫来安排工作的，有专门赶来话别的。看到孔繁森确实没有时间过来吃饭，刘成俊就把饺子用保温饭盒装好，给孔繁森送了过去。在接受采访时，刘成俊说：“如果孔繁森吃了那份饺子，我和爱人心里还好受些，如果他忙得都没空吃，饿着肚子上车，那真是天大的遗憾。他的事情太多了，走的时候竟然那么匆忙！”

从第一次踏上阿里的土地，到踏上赴新疆的汽车，孔繁森在这片土地上生活工作了583天。

生命中的最后十四天

第十一章

生命中的最后十四天

为什么非要去新疆？他本来可以不去的！

14 天为阿里解决了 13 个关键问题

组织一天不让我动，我就干好一天

老大哥，拜托了，代表阿里人民再次谢谢你！

最后的三个电话

为阿里再开辟一个对外开放的出口

高原上，那一道难得的彩虹

为什么非要去新疆？他本来可以不去的！

孔繁森殉职之后，很多人都在疑问：孔繁森，一个西藏的地委书记，为什么要到新疆考察联系工作？是不是借考察之名游山玩水？还有的人认为，孔繁森是到新疆拜访王乐泉书记，想在临走之前，走一走后门，请老领导为他的工作安排和升迁，给有关领导打个招呼、予以关照。其实，这都是一些人的主观推断和想象。照一般人的思路，想安排一个好的工作岗位，不找关系，不托人铺铺路怎么会行，何况孔繁森是第二次进藏，就是王乐泉在聊城当地委书记时同意认可的。有这么好的关系，怎么会不利用呢。我们不能说，有这种想法的人，是以自己之心度孔繁森之腹了，如果知道了阿里和新疆在地理、经济和社会各方面的天然联系和特殊的关系，以及孔繁森当时的真实想法，这种推测就不复存在了。

在地理位置上，阿里和新疆临近，新疆的叶城比西藏的拉萨距离阿里要近500多公里，交通也方便得多，新藏公路是连接新疆和西藏的大动脉，而阿里和拉萨当时还不通公路。历史上，阿里需要的所有生产生活物资，都是靠新藏线输送，由新疆提供保障的。在20世纪70年代，阿里曾有10年的时间和新疆是隶属关系，1969年，党中央曾委托新疆管理阿里地区，1980年才决定重新确定将阿里划回西藏管辖，但军分区仍归属新疆军区的南疆军区。所以，作为阿里地委书记，孔繁森必须要考虑在阿里工作的新疆干部的去留、疗养、退休安置、家庭困难、孩子上学等实际问题，必须依靠新疆自治区帮助解决；作为阿里军分区党委第一书记，关于部队建设、民兵预备役等事宜，也必须由新疆军区批准同意；当时还是价格双轨制时代，计划内外的物资，价格相差很大，像粮食、煤炭、油料、天然气等人民生活必需物资，如果依靠市场价格供应阿里，阿里将不堪重负，难以承受。另外，阿里和新疆经济相似度很高，由于海拔较高等环境限制，阿里经济发展比新疆落后得多，发展畜牧业特别是对外贸易，延长精深加工产业链条，扩大对境外的开放，新疆有明显的优势和成功的经验，急需新疆帮带引领。还有个更重要的因素，让孔繁森义不容辞，在新疆担任自治区常务副主席的王乐泉，这时已经代理自治区党委书记。王乐泉对孔繁森始终很欣赏、很关怀。去新疆联系合作、争取支援，在整个西藏，找不到第二个比孔繁森更合适的人选。

按说，孔繁森离开阿里已成定局，就是时间早晚的问题，好多人都认为这是孔繁森在阿里的最后一个春节了。新专员达瓦次仁也已走马上任。要是别的干部也可能就是维持原状，保持稳定，不再大刀阔斧地去开创新的局面，但孔繁森一如既往地带领大家铺建设摊子、找发展项目、安排新的工作任务，主动承担赴新疆争取支援的任务，这不能不说是一种强烈的职责意识和可贵的使命担当。

这时，自治区党委通知他到拉萨领取没有去北京领取的国务院颁发的“全国民族团结进步先进个人奖章”，一辈子在意荣誉的孔繁森特别想去，但又一想阿里头绪繁多的工作，临近春节还有一大摊子事情，再加上早就定好的赴新疆的计划，就毅然决然打消了领奖的念头，说：“工作不干不行，奖章让别人代领就可以了，阿里的工作没人管可不行！”他想站好最后一班岗，把最挂心的工作了结一下，然后放心离任。为了体现西藏自治区的重视，增加洽谈合作的成功率，孔繁森专门邀请在阿里工作的自治区党委常委、宣传部长陈汉昌亲自出马，担任考察团长，陈部长被孔繁森的诚挚邀请和敬业精神所感动，请示自治区领导批准后，欣然带队出征。

假如孔繁森不去新疆，就不会有后来的故事。但孔繁森就是孔繁森，如果他心里多少想想自己，也许会去拉萨领奖或者在阿里留守，那么一切都可以避免，车祸的后果就不会发生。但孔繁森想到的是：阿里未来的发展，军民过年需要的物资，阿里春节前后的工作。他想到了很多很多，但唯独没有想到，他这一去就再也没能回来！

1994 年 11 月 14 日早饭后，孔繁森、陈汉昌、达瓦次仁等 13 人离开狮泉河，顶风冒雪向新疆进发。他们走的是新藏线，一向以险要著称。孔繁森一行就是沿着这样的道路，开始了为阿里人民寻找改革开放、脱贫致富出路的艰辛征程。

14 天为阿里解决了
13 个关键问题

近年来,《孔繁森生命中最后十四天》专题访谈组，专程采访了有关知情人、当事人和新疆方面的接待人员，厘清了孔繁森离开阿里在新疆工作的详细日程：2018 年 11 月 20 日，我们采访了新疆维吾尔自治区办公厅总值班室主任严振信，他自始至终参与了接待孔繁森一行的整个活动，帮助厘清了孔繁森在新疆为阿里人民辛勤奔波的详细行程：

11 月 14 日上午，陈汉昌、孔繁森、达瓦次仁以及自治区有关部门、旅游公司、石油公司、外贸公司一行 13 人，分乘 6 辆车由狮泉河地区大院出发，中午停经班公湖，在日土县吃饭，晚上住三十里营房。

11 月 15 日，一早出发，到叶城。

11 月 16 日，解决阿里驻叶城办事处 180 亩土地的征费问题和 20 多名阿里常驻叶城人员子女的上学问题。晚上住在叶城。

11 月 17 日，一早出发去喀什，中午到喀什，下午在喀什地委行署谈工作，晚上住在喀什。

11 月 18 日，一早出发，中午阿克苏吃午饭，晚上住库车县陆军部队。

11 月 19 日下午，长途跋涉 2800 多公里，抵达乌鲁木齐，入住昆仑宾馆。

11 月 20 日上午，召集阿里住新疆办事处工作人员座谈，确定阿里需要新疆方面支援解决的问题。

11 月 21 日，上午拜访新疆维吾尔自治区组织、人事、公安、石油等部门领导，反映阿里粮食供应和运输问题、离退休老干部户口身份问题、干部内调问题、子女安置问题、石油供应问题。下午与新疆军区领导座谈，研究国防公路建设、阿里机场建设、人才援藏问题等。

11 月 22 日，与新疆维吾尔自治区交通厅、粮食局、武警总队领导座谈，解决 219 国道养护、阿里城镇居民粮食供应及阿里社会稳定，硼砂和羊绒运输等问题。

11 月 23 日，在新疆维吾尔自治区政府会议室召开座谈会。阿里办事处 40 亩征地、5000 吨平价粮食、5000 吨平价液化气、援藏干部户口安置、阿里车辆在新疆维吾尔自治区缴费问题一一得到解决。

11 月 24 日，连夜起草阿里待解决的 12 个问题。

11 月 25 日，孔繁森一行考察新疆皮革集团，去吐鲁番，陈汉昌离开新疆回西藏。孔繁森一行离开昆仑宾馆住进阿里驻乌鲁木齐办事处203房间。

11月28日，早饭后离开乌鲁木齐，到独山子参观乙烯工程，下午参观克拉玛依油田，晚上住克拉玛依石油宾馆。

11月29日，在克拉玛依宾馆吃早饭后，前往第一口井参观，中午在克拉玛依石油宾馆吃饭，12点30分从宾馆出发去巴克图口岸考察边境贸易。

在这次考察期间，他在新疆为阿里争取了以下6个方面的优惠和支持：

一、从1995年起，阿里地区每年所需的125万公斤小麦，10万公斤食油实行保本经营（面粉由喀什调运），200万公斤大米由国家安排调运，3610吨成品油以低于市场价的价格由库尔勒石油储运库直接调运，5000吨液化气列入计委年度计划就近调运。

二、全长1400公里的219国道，每年国家拨款150万元，实际需要1000万元，养护经费严重不足，严重影响阿里地区军用民用物资的供应。由新疆维吾尔自治区和西藏自治区联合向国家申请增加经费，共同养护。由西藏自治区申请219线天水海至普兰段800公里路段改造项目，新疆维吾尔自治区予以全力配合。

三、免除阿里地区驻乌鲁木齐办事处国有土地出让费60万元，再以优惠价格为阿里新规划干休所建设用地，具体事宜由乌市落实；阿里经新疆运往内地的6000至1万吨物资，由新疆维吾尔自治区经委和乌鲁木齐铁路局优先安排。

四、凡配有阿里地区公安处交警统一制作并加盖新疆公安厅交警公章的行政、生活用车和生产运输车辆，允许在新疆地区行驶，1995 年免征养路费一年。

五、对 70 年代由新疆派往阿里地区工作的 156 名干部、职工尚未内调，其家属子女还没得到安置的人员，新疆维吾尔自治区组织部、人事厅、劳动厅要按有关政策给予妥善安置，公安厅优先办理迁移落户手续，让这些在高原艰苦工作的同志，免除后顾之忧。

六、新疆经贸委、经协办、旅游局等有关部门加强同阿里的联系和经贸往来，不仅支持阿里通过新疆口岸拓展中亚和独联体市场，还要充分利用阿里的普兰口岸、札达县什布奇贸易点，扩大对南亚的市场贸易。新疆和阿里共同开发旅游资源，支持阿里经济社会发展。

这是多么令人鼓舞的工作成果。

组织一天不让我动，我就干好一天

1994 年 11 月 22 日晚，孔繁森抑制不住成功的喜悦，给远在北京的张全景部长写了一封信，向多年来一直关心培养他的老领导吐露即将离任时的心声，汇报这次来新疆的巨大收获：

今年 9 月份，山东省的领导和省委组织部一行 14 人来西藏联系工作，曾提出让我调回山东。我从来没有给组织提出调回山东的问题，作为一位入党多年的老同志，服从组织安排是第一位的。我有一个想法，如果组织上让我继续留在西藏，我打算把家属调拉萨工作几年，一来可互相照顾一下，二来我收养的两个孤儿可让家属给他们做做饭。如果让我调回山东，我准备把两个孩子也带回去。阿里现在天气比较冷，已下了大雪，缺氧比较严重，我身体基本没有多大问题，请老领导放心，组织一天不让我动，我就干好一天。

另外，他在信中的字里行间掩饰不住内心的喜悦，和对王乐泉书记以及新疆维吾尔自治区领导的感激：

19号我带队来到新疆求援，我们阿里吃的粮、油、菜，（用的）日用百货都靠的是新疆（供应）。新疆王乐泉书记等对阿里给予了大力的帮助，所有这些问题全部得到了解决。最近几天我们就要返回阿里，我一定注意身体，努力为阿里人民多做贡献。

这些质朴真诚的文字，是我们迄今发现的孔繁森的最后一封书信，彰显了一个共产党员对党、对人民、对事业无比的赤诚和热爱。

老大哥，拜托了，代表阿里人民再次谢谢你！

11 月 24 日晚上，夜深了，孔繁森想着阿里的工作，还是无法入睡。他想，涉及新疆的问题，都得到了圆满的解决。还有不少问题，需要西藏自治区支持解决。明天陈汉昌部长就要回西藏了，他本想和他好好聊聊，可在新疆的这几天里，行程特别紧张，除了座谈，就是考察，根本没有坐下来好好商谈的机会。他起身准备去陈汉昌的房间，但一看表，快 11 点钟了，不想再打扰他。他坐在桌前，打开台灯，把想到的问题都写在纸上，打算明天早上送行时亲手交给陈部长。

有几个问题请陈部长参考：

一、关于阿里地区的能源交通问题，准备给国务院写个专题报告，同时报个专题片。请示一下自治区人民政府是否同意。

二、今年七月份，以自治区人民政府的名义给中央有关部门打

3个专题报告，解决部分救灾款，当时，财政部答应300万元；经贸委200万元；计委1000万元（抗灾基地建设）；农业部1000万元；煤炭部80万元（已到阿里）。请陈部长问一下财政（部）、计委、农业部（资金）是否到位。

三、革吉县的茶卡茶矿和电力工业厅地矿局联合开发问题。

四、朗久电站现已发电，但发电量只有600千瓦。自治区地热大队答应给打风险井（有气给钱没气不给钱），请政府领导研究一下，是否解决300万元打三口井。

五、阿里干部职工的办公条件、住宿条件太差，能否同意阿里地（委）行（署）盖个办公楼，现有的综合办公楼改为公、法、司、政法委的办公室。他们现在办公地点是60年代的土木结构，已成危房。

六、自治区提出全区教育到2000年要实现两有八〇的规划，是否请区教委领导来考查（察）一下，并帮助制定一下发展规划。

七、阿里地区财政赤字800万元，原因（一是）两年增加大中专学生300人，每人每年经费需1.2（万）—1.5万元。二是物价高，运费交通费用加大开支。三是取暖经费大，现在每吨焦碳（炭）1400元。四是汽车修理费开支大。五是干部职工群众的公费医疗开支大，主要是病号多，有的在内地长期住院。

八、民兵事业训练费、武装部的建设，请自治区解决。

九、请安排适当时机自治区派个综合性工作组对阿里进行全面考查（察），以便修定（订）阿里的经济发展规划。

达瓦次仁

孔繁森　24号

以上九个问题，写满了新疆昆仑宾馆客房提供的稿纸。躺在床上，孔繁森意犹未尽，又打开电灯，找出笔来。宾馆提供的稿纸不够了，孔繁森又找到一张“中共西藏阿里地委办公室用笺”继续书写了下面的文字。

10. 关于新疆自治区和西藏自治区、新疆军区联合写报告维修219国道的问题，建机场的问题，输气管道的问题。

11. 日图（土）县德汝电站欠包工队（款）的问题。自治区电力工业厅、电建公司承包的工程，有转包给包工队的工程，一是（时）没合同，没图纸，钱从何处出？

12. 和新疆联合申请共同建设开发日图（土）县境内都不齐列口岸建设（的）问题。

这四页信笺，是目前发现的孔繁森留在人间最后的文字，我们称之为“高原绝笔”，是孔繁森为党和人民的事业鞠躬尽瘁、死而后已的最好见证。生活细节凸显修养品格，透过孔繁森留在人间最后的文字“关于阿里发展的12个亟待解决的问题”，可以看到孔繁森发自内心的谦逊和尊让。在材料的最后，孔繁森把年龄比他小10多岁、职务比他低的新任专员达瓦次仁的名字写在他的名字前面，充分体现了孔繁森时时处处尊重他人的情怀和对少数民族干部的充分尊重，让待人谦逊的优秀品格彰显在生命最后的时光。

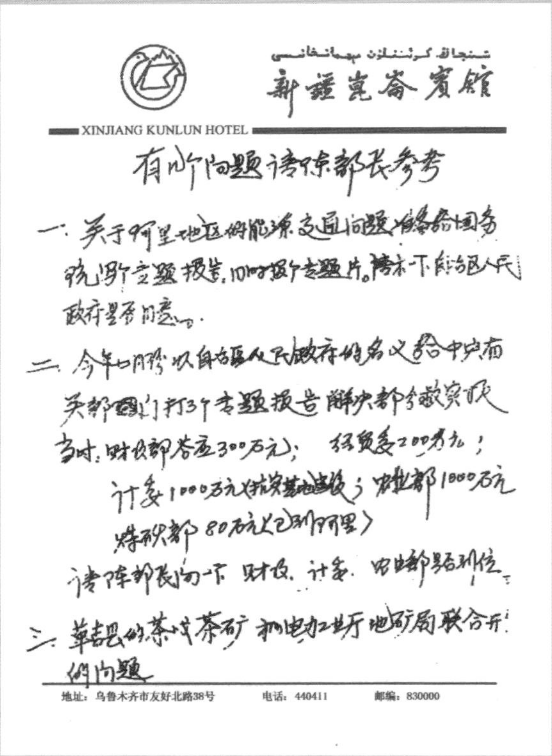
新疆昆仑宾馆

XINJIANG KUNLUN HOTEL

有几个问题请陈部长参考

一、关于阿里地区的能源交通问题，准备给国务院写个专题报告，10月份拍个专题片。请示一下自治区人民政府是否同意。

二、今年七月份以自治区人民政府的名义给中央有关部门打了3个专题报告，解决部分救灾资金：财政部答应300万元；经贸委200万元；计委1000万元（抗灾基础建设）；农业部1000万元；林业部80万元（已到阿里）。

请陈部长问一下财政、计委、农业部是否到位。

三、革吉县的茶卡盐矿和电力工业厅、地矿局联合开发的问题

地址：乌鲁木齐市友好北路38号 电话：440411 邮编：830000

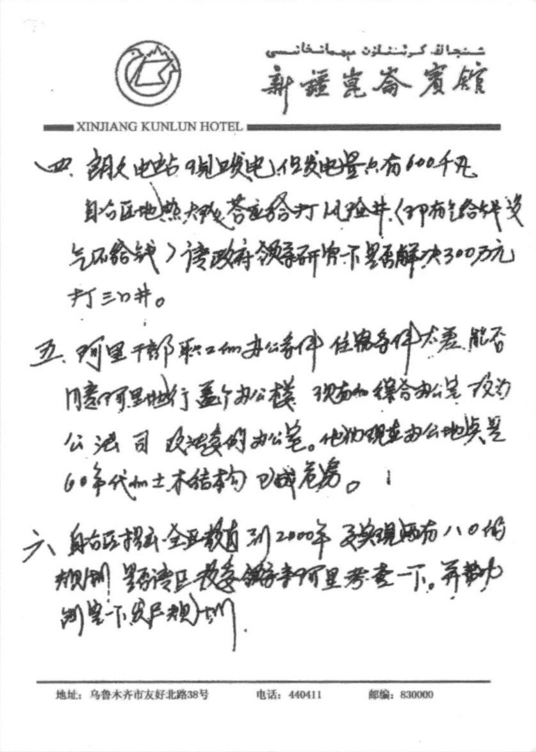
新疆昆仑宾馆

XINJIANG KUNLUN HOTEL

四、朗久电站95%跑电，使发电量只有600千瓦。自治区地热大队答应给打试验井（[illegible]给钱）。请政府领导研究一下是否解决300万元打三口井。

五、阿里干部职工的办公条件、住房条件太差，能否同意阿里地区盖个办公楼，现在的综合办公室是原公安局的办公室。地区现在办公地点是60年代的土木结构，已成危房。

六、自治区提出全区教育到2000年要实现两基八0%规划，是否请区教委领导来阿里考查一下，并帮助测量一下农区规划。

地址：乌鲁木齐市友好北路38号 电话：440411 邮编：830000

这四页便笺是孔繁森遇难前拟就的“关于阿里发展的12个亟待解决的问题”，没想到竟成了他留在高原上的绝笔

七、阿里地区财政赤字800万元，原因有：一是增加大中专学生300人，每人经费需1.2—1.5万元；二是物价高，运费交通费用加大开支。三是取暖经费大，现在每吨煤1400元。四是汽车修理费开支大。五是干部职工、群众的公费医疗开支大，主要是病号多，而加之边防地区民用住院。

八、民兵事业训练费、武装部加建设，请自治区解决。

九、请安排适当时机，自治区派了综合性工作组对阿里进行全面考查，以便修改阿里的经济发展规划。

林次仁
孔繁森 24号

地址：乌鲁木齐市友好北路38号　　电话：440411　　邮编：830000

10. 关于新疆自治区和西藏自治区、新疆军区联合写报告，维修219国道的问题。建机场问题，输气管道的问题。

11. 日土县德如电站欠~~自治区~~包工款的问题，自治区电力工业厅电建公司承包的工程，将电包给包工队的工程，一些资金用在发图纸、钱从何发。

12. 和新疆联合申请资金建设开发日土县境内都木齐列口岸建设问题。

吃早餐时，孔繁森掏出连夜起草的“12个问题”，双手递交给陈汉昌部长，陈部长望着他熬红的双眼，心疼地对孔繁森做出承诺：“请放心，你的心血不会白费，我一定把这些问题向自治区党委主要领导汇报。”孔繁森双手紧握着陈部长的手，激动地说：“老大哥，拜托了，我再次代表阿里人民谢谢你！”

最后的三个电话

1994 年 11 月 28 日，孔繁森早饭后离开乌鲁木齐，到独山子参观乙烯工程，下午参观克拉玛依油田，晚上住在克拉玛依石油宾馆。睡觉前，他打了三个电话。

他先给行署副秘书长王玉昌打电话，询问年度工作总结和明年工作报告完成的进度，通报了新疆支持阿里发展的情况，要求他把这些工作内容都充实进去。安排完工作，孔繁森说：“老乡老弟（王玉昌是援藏干部、山东莱芜人），你这个大笔杆子，得下把子力气把报告写精彩，这个大会开好开不好，你这个材料绝对关键，为了阿里，你就辛苦一下吧。”王玉昌请孔繁森放心，表示全力以赴起草好这份报告，等他回来，他会在第一时间交稿。

他又把电话打给崔建勇，询问两个孩子的学习情况，听说小贡桑表现不错，曲英有些调皮捣蛋不学习，孔繁森对崔建勇交代说：“别送到学校就拉倒，多和老师沟通了解，出现问题请及时管理。”两个孩子听到爷爷的声音，都抢话筒、争着跟爷爷说话。小贡桑问：“爷爷，你什么时候回来，快回来吧，我想你了！”看到贡桑哭了，曲英夺过电话说：“我也想您了！”孔繁森劝慰他们：“好好听小崔叔叔的话，好好听老师的话，爷爷很快就回去了。”在电话里，小贡桑还给爷爷唱了一段在学校刚学的新歌。

最后，孔繁森把电话打给王庆芝。电话转接成功后，只震了一下铃，王庆芝就接听了。在电话里，孔繁森问了一下家里的情况，他还问：“有需要在这里买的东西吗，我买了寄回去。”王庆芝回答：“啥也不需要，你好好的就行。春节还能回家吧？”孔繁森说：“这可能是在这里最后一个春节了，明年上半年就能离开了。”临挂电话，孔繁森动情地对王庆芝说了一句：“回去后，咱俩再也不分开了！”

孔繁森没有告诉王庆芝，他给张全景写信的事，王庆芝也没告诉他，她给张全景打电话，要求老领导帮忙让孔繁森尽快调回山东的经过。张全景告诉王庆芝，他已经给陈奎元书记打过了招呼。两个人通了电话，心态是不一样的，孔繁森还有一丝忧虑，那就是组织上如果让他继续留在西藏，他该怎么跟王庆芝讲，这个善良贤惠的女人，还会一如既往地支持他吗？王庆芝则有了一种如释重负的轻松，有张全景部长的关心，再加上孔繁森的亲口所言，结束天各一方、夫妻团聚的日子终于有盼头了！

那一晚，一个在山东，一个在新疆，孔繁森和王庆芝都睡得很踏实、很香甜。

为阿里再开辟一个对外开放的出口

阿里的普兰县是一个以县为区域的二类特种口岸，有陆路通道和水路通道，包括21个通外山口、24条古商道和相关贸易市场。普兰县依傍孔雀河西通过强拉山口入印度、丁嘎拉山口入尼泊尔，南面众多小道与尼泊尔相通。普兰在阿里平均海拔较低，生态条件最好，是戈壁滩上唯一的一片绿洲。这里500年前就有三国传统的商贸市场，1954年正式开放口岸，1962年因中印边境形势恶化并发生武装冲突被迫关闭。1992年，国家就批准普兰口岸开放以促进对外经济贸易。贸易产品有印度的粗糖、咖啡、大豆、烟草、香料、面粉，中国的畜产品、硼砂、黄油、生丝，尼泊尔的法国香水、印度香、手工艺品等，境外不通公路，时常大雪封山，只有每年的7—9月才能入境交易，市场固定商户100多家，每年的交易额徘徊在4000万元上下。北部的神山冈仁波齐和圣湖玛旁雍错是国际著名朝圣地，每年大量的国外香客在这里入境朝觐膜拜。由于基础设施不到位、检查检验设备不配套、管理服务跟不上等多种原因，普兰的贸易市场始终发展不景气。有人戏称做生意的还没有收费的多。发挥边境优势，发展对外经济贸易，是阿里发展的重要举措。孔繁森对此深感焦虑，多次到口岸考察，决定学习借鉴新疆经验，在经贸方面实现突破。所以这次考察团人员中就有外贸出口部门的负责同志。1994 年 11 月 29 日，他们在克拉玛依石油宾馆吃过早饭，9 点半前往第一口井参观，中午回宾馆吃了份炒饼，本来新疆的同志要挽留孔繁森一行，请他们休息一下，第二天再走，这样时间比较从容。但孔繁森心情很急迫，恨不得一步就跨到距离克拉玛依市 500 公里车程的巴克图口岸，取回真经来。

12 点 30 分从宾馆出发，车辆进行重新编队，前导车是阿里地区公安处的警车，车上有新疆自治区政府办公厅总值班室主任严振信处长、阿里地区公安处桑宝处长，第二辆车是阿里地区运输公司的 100 号丰田 4500，因为孔繁森的司机请假回湖南老家探亲，孔繁森这几天一直坐着地委办公室借的别的部门的车。值得特别提出的是，那辆车在出克拉玛依之后，出了点小事故，所幸有惊无险。孔繁森就被运输公司经理李久成请到他的车上，这是一辆刚刚购买的新车。李久成让孔繁森坐在右后座上，孔繁森坚决不同意，他说，坐前面视野好，他要好好看看一路风光。李久成拗不过他，只好坐在孔繁森身后，车队疾驰在平坦辽阔的戈壁滩上，一片片雪后红柳、芨芨草在车窗外掠过，为一望无际的荒凉带来难得的生机。

高原上，那一道难得的彩虹

突然，孔繁森好像发现了什么，赶快让司机停车，指着车窗外惊喜地说：“大家快看，那是什么？彩虹啊，这个季节怎么会有彩虹呢？”停车一看，果然，一道漂亮的彩虹，飞架在远山之巅。

稍纵即逝的大自然美景，让爱好摄影的孔繁森抓起相机，赶紧下车好一阵抢拍，太难得了。他们所处的位置，正好是群山环抱的一片平坦的旷野，和阿里狮泉河的地貌非常相似。孔繁森忙着给大家照相留念，最后独自以彩虹为背景，让同行的人为他照了一张照片。这时，后面的车辆都停下问个究竟，孔繁森对大家摆摆手，举举手里的相机，示意让大家先走不要等他，他一会儿会追上车队。

等孔繁森再次上车，其他车辆已经看不见踪影。在高原险恶路段开惯了车的司机们，看到一马平川的公路，简直是一种享受。开着新车的司机小马可以说非常兴奋。看到仪表车速指针已经超过140，并且仍在攀升，孔繁森想提醒司机不要开这么快，注意行车安全，但又想到冬天白天非常短，不抓紧赶路，如果在天黑前到不了目的地，晚上行车会非常危险。加上，头一天下了雨雪，路面湿滑结冰，很容易造成事故。于是对司机说："小伙子，注意安全！"说着，一边往身上扣安全带，一边说："我睡会儿。"说完就把头靠在座位上，闭上了眼睛。

这时，前导车通过对讲机询问："书记上车了没有？你们的车跟上了没有？"坐在孔繁森身后的李久成回答："已经上车，正在跟上！"前面提醒：注意安全。李久成说："放心，一切正常！"不料，李九成话音刚落，车子为躲避对面来车，突然侧滑，迅速翻下路基，巨大的惯性力量，让汽车在翻腾三个滚之后才停下来。司机马吉文、运输公司经理李久成、行署办公室秘书吴志强都被甩出车外，立刻不省人事、气息奄奄，孔繁森由于身上系着安全带，安全带勒住脖子，半边身子被车门压住，当时就没有了呼吸。据目击者回忆，甩出车外的三人，血流满面，看起来伤势较重。孔繁森全身没有一处外伤，没流一滴血，除了脖子上有一道勒痕，但他却再也没有醒来！

此刻，是 1994 年 11 月 29 日当地时间下午 14 时 18 分左右。地点：新疆塔城地区托里哈萨克族自治县城北 2 公里，2926 省道 158 里程碑 +10 公尺处（老风口）。托里群众看到发生了车祸，赶紧给当地政府报告。前方车辆感觉情况异常，也连忙折返回来，开始向托里县医院急送伤员，医生护士在第一时间组织抢救，托里驻军部队的一些年轻战士排着长队挽好衣袖等待献血，但孔繁森同志因为折断了九根肋骨，其中一根扎破内脏造成大量内出血，虽然外表看不出重伤，但致命的内伤让他再也没有醒来。援藏十年，三次从死神魔掌中成功脱险的孔繁森，这次没能幸免于难，永远地倒在为阿里人民奔波的征途上，距离目的地巴克图口岸，还有不到两个小时的车程。

悲剧发生后，人们洗印孔繁森拍下的彩色照片，怎么也找不到那道神秘的彩虹了，洗印的照片也变成了黑白照片，当时在现场的所有人都亲眼看见，那道彩虹确实出现过。难道它真的伴随着孔繁森那壮丽的生命，融入高原的蓝天白云之上了吗？

天人共悲的哀思

第十二章

天人共悲的哀思

风雪呜咽的阿里

三个骨灰盒，用了两个

一个地委书记的遗产

担心孔繁森的去世，会对王庆芝造成突然打击，她的精神和身体会承受不了，山东省委组织部和聊城地区的领导决定在骨灰没接回之前，先对她封锁消息，安排人悄悄掐断她家的电话线。王庆芝等不到孔繁森的电话，电话也打不出去，她就向邻居家打听："刘嫂子，你家电话打出去了吗？"对方早已得到安排，告诉她："坏了好几天了，咱院里都打不出去，听说是外边的大线坏了，正修着呢。"王庆芝这才放心地回到家。

1994 年 11 月 30 日下午，梁其峰开车到五里墩，找到孔繁森的家人，说繁森在阿里工作忙，春节不能回来，安排了家里几件事，地区的领导要我来接你们去城里商量商量。孔繁森的大哥孔繁利说："小三也真是，有什么要紧事，还得麻烦地区领导出面。"二哥孔繁荣说："我们去不去的不要紧，有事给庆芝商量商量就行啦！"侄子孔祥真接着说："别的事都不要紧，最要紧的是赶快叫三叔回来吧。俺奶奶昨天晚上闹腾了一宿，基本没睡觉，不住地喊着，快起来点灯，快起来点灯，小三儿回来了，快给他做点饭吃，俺奶奶就是记挂着他。"梁其峰强忍着眼泪说："你三叔回不回来，是领导定的事，咱上车吧，应该是牵涉你们的要紧事，要不领导也不会叫我来。"

等梁其峰把三个人接到宾馆，见到王曙光专员等领导，三个人从他们肃穆的表情上，预感到大事不好，可能孔繁森出事了，因为他们不止一次听说孔繁森所处工作环境的恶劣和危险，也知道孔繁森曾多次遇到安全事故，心想这次肯定没什么好事儿，要是头疼脑热的，还用得着这么兴师动众，劳驾专员出面呢。

看到他们坐定，王曙光说道：“繁森昨天在新疆考察工作，不幸发生车祸。”没等说完，三个人就再也抑制不住内心悲痛，失声痛哭起来。劝慰了好久，三个人的情绪才稳定下来，紧接着商量去新疆处理后事的具体细节。

为避免直接刺激王庆芝，地区的领导，首先把消息告诉了孔繁森的大女儿孔静，然后让地区医院的救护车在家属楼附近待命，由孔静陪着省委组织部廉守昌部长、牛洪飞主任和地委陈延明书记、王曙光专员一起来到家中，看到这么多领导突然来家，孔静脸上又带着泪痕，王庆芝马上意识到大事不好，繁森可能有什么事了。只是强装镇定地让来人坐下，安排孔静沏茶。当廉守昌说道，繁森同志在新疆考察，路上发生车祸。没等听完，王庆芝当时就昏厥了过去。幸亏医生及时抢救，身边人们极力安慰，她的情绪才慢慢平稳，只是不住念叨地说：“他亲口告诉我，说很快就回来，很快就回来的啊！”旁边的人，忍不住掩面悲泣。

孔繁森在万里之外遭遇不幸，为什么在家乡的老母亲却有了强烈的心理感应。整天处于嗜睡和糊涂的状态、意识已经迷糊、失去正常判断能力的 93 岁的老母亲，是什么神奇力量让他感知儿子这天晚上就要回来。难道冥冥之中真的有一种力量让母子俩心心相印，真的有一种亲情能让漂泊在外的游子魂归故里？那是故乡母爱的灯火，为离家太久的游子照亮了回家的路。

平时几天不说话的老母亲会突然问身边的人：“三儿怎么还没有回

来？他不要咱们了？给他腌的鸡蛋好了吧，别忒咸了！”有时，一家人正吃着饭，她突然对大家说：“都别慌着吃，等等三儿，我听着他走到门口了！”奶奶一惊一乍的，惹得孩子直埋怨她，王庆芝马上制止孩子：“别责怪你奶奶，人家母子连着心哪。”

风雪呜咽的阿里

那几天，阿里的气温始终在零下 30 多摄氏度。阴云低垂，寒风夹着雪花仿佛在悲切地呜咽。牧民们从四面八方赶到临时搭建的灵堂，敬献哈达，合掌膜拜。不少藏族干部群众是在收音机里听到这个不幸消息的，他们饭不吃、觉不睡，连夜赶来送别。有的人一个月前还吃过孔繁森送给的药，有的人身上还穿着孔繁森脱给他们的毛衣毛裤。班公湖畔的藏族汉子来了，他们忘不了孔繁森送给他们产绒量高的良种羊；改则乡下的阿加啦（大姐）来了，他们忘不了孔繁森送他的救命青稞；敬老院的老人来了，他们忘不了孔繁森对他们的悉心照顾；高原小学的孩子来了，他们忘不了孔繁森给他们带来文具和鞋子；边防哨卡的战士来了，他们忘不了孔繁森在大年夜送去的慰问品；寺庙里的喇嘛来了，他们忘不了孔繁森为他们解决的糌粑供应计划。

那几天，阿里的哈达卖完了、白布卖完了、白纸卖完了，因为阿里缺少扎花圈骨架所需用的枝条、细竹等，人们就自发用钢筋焊制了直径两三米的大花圈，悄悄放在礼堂外面，跑到遗像前抹眼泪，久久不忍离去。

那几天，许多人摘下手上的金戒指，掏出身上所有的钱币，恭恭敬敬地供奉在孔繁森遗像前。他们倾其所有来报答这位乐善好施、舍己忘我的好干部。工作人员抬来几张桌子，在地区群众艺术馆大礼堂一角进行捐款登记。仅仅几分钟，桌子周围就被严严实实围了起来，连过道都挤满等待捐款的人。后来只好搬到礼堂外边的广场上。不多时，干部群众自发组成的捐款队伍就排了 100 多米。看到捐款的人越来越多，有位地委领导提出，孔繁森一生清廉，这样接收捐款是否合适，尽管出自群众的一片诚心。于是，立即停止了收款。那些没有捐上款的人不干了，他们纷纷表示，孔繁森撇下老人孩子，为阿里把钱都搭上了，把命都豁上了，我们捐点钱，帮帮他的老人孩子有啥不可以？他们悄悄打听孔繁森老家的地址，通过邮寄形式，把钱和物都寄到聊城。离狮泉河最远的措勤县委机关干部送来捐款 4000 元，地区小学送来捐款 1400 元。刘明秘书长手捧着一角一角的毛票，建议改捐“希望工程”，校长说这是孩子们对孔爷爷的心意，刘明安排把这些小学生捐款，连同孩子们写的诗，都用牛皮纸捆包好，写上“献给奶奶——阿里孩子的心”，转寄给孔繁森的儿子孔杰。后来，孔杰把这些沾着孩子泪水的纸币和阿里干部群众捐献的 1.4 万元，又转赠给慈善机构。

孔繁森的清贫引发了中央对援藏干部这个特殊群体的关注，孔繁森去世不久，中共中央组织部专门下文，每月为阿里的援藏干部增加 300 元补助（这是后话）。

限于党内不开追悼会的规定和遗体尚在新疆的实际情况，阿里地委行署于1994年12月5日在地区群众艺术馆大礼堂举行了悼念仪式。仪式从上午10时开始，狮泉河，这个常住人口不到4000人的边疆小镇，前来参加悼念仪式的就有2500多人。

镇上的居民，几乎倾城出动，机关干部、边防官兵、工人、居民、个体商户，藏族的、回族的、维吾尔族的，有十多个少数民族自发组成的吊唁队伍，胸佩白花，手捧哈达，在这个边陲小镇，汇成一股股人流。由柴腾虎连夜含泪撰写，刘明进行修改的两幅挽联，醒目地悬挂在群众艺术馆大礼堂上。

高风亮节，光明磊落如日月行空；
抚孤恤贫，爱民如子似甘霖济世。

一尘不染，两袖清风，视名利安危淡似狮泉河水；
二离桑梓，独恋雪域，置民族事业重如冈底斯山。

人心换人心，孔繁森把人民放在心中的最高位置，人民才把他铭记在心上。噶尔小学的师生把孔繁森的遗像挂在教室里，孩子们跪倒在遗像前哭成一团，好多孩子脚上还穿着孔繁森半月前，刚给他们买的白色运动鞋（见益西加措《孩子们的好伯伯》）。

据多名记者回忆，他们曾在孔繁森去世后采访过几位藏族老人，其中有的把孔繁森的照片摆放在佛堂里，有的把孔繁森送给他们的药品、营养品的瓶子、盒子久久珍藏，有的在焦急地打听孔繁森，追问为什么见不到他了。孔繁森一直挂在心头的门士区旦增老人，听到噩耗哭得像个孩子，她不住地念叨孔繁森对她的关心。她说：“以前听到汽车响，就知道孔书记来了。现在汽车响，他再也来不了了。”阿里地委宣传部原办公室主任米玛次仁曾告诉笔者，北京有位电视台的记者采访老阿妈，问：“孔繁森书记对待您，是不是像亲生儿子一样好？”老阿妈通过米玛次仁的翻译，听懂了，但做出的回答确实出人意料。老人说：“不是的，孔繁森是我的父亲，我的父亲死了，我的福气没了！”

一个50岁的共产党员被70岁的老阿妈称为“我的父亲、我的福气”的时候，这足可以让我们深切感受到孔繁森感人肺腑的大爱情怀；一个信仰马克思主义的共产党员，死后被不同信仰的藏族群众供奉，这不能不让我们感受到一种大爱的力量。

三个骨灰盒，用了两个

按照领导的安排，李玉建准备了三个骨灰盒。最初的计划是，把孔繁森的骨灰分作三份，一份送回故乡，一份留在阿里，一份送往拉萨。这样既能满足西藏人民对这位好干部的感情，也能尊重家乡回归故里入土为安的风俗。上级有关领导也同意了这个方案，在向家属征求意见时，孔杰代表母亲表示，父亲作为一名把生命都献给党和人民的干部，一切听从组织安排；但二哥孔繁荣勉强同意分作两处，说："无论从风俗习惯，还是从感情出发，我们都不愿把尸首分散，心里受不了。我是个退休职工，也是个党员，也明事理，领导定了：一半回山东，一半留西藏，就可以了，不能再分了，他待过的地方多了，总不能哪里都要吧！再说，俺山东风俗一个家庭当月不能上两次坟，更不能发两回儿丧。阿里现在大雪封山，路都不好走，骨灰运到又得十天半月，你让我们家发几回丧、办多长时间丧事啊！”说完，他掩面而泣，悲不自已。自治区领导看到这种情况，向上级请示以后，同意了孔繁荣的要求。

一个地委书记的遗产

根据地委安排，地委秘书长刘明、副秘书长李玉建和地委办公室的几位同志，整理孔繁森的遗物。首先清点保密文件，和机要人员做好交接以后，开始清点公私资产。桌椅、橱柜当然是公家的。他的私人物品就是他穿过的衣服，读过的书籍，随身携带的一个袖珍收音机。他穿过的衣服，除了外套比较整洁，内衣内裤都补着补丁。他们一边清理，一边流泪，想不到平时潇洒帅气、衣着得体的孔书记，内衣竟是这样寒酸。大家心里想，孔书记为阿里付出那么多，恨不得把心都捧了出来，向他的家属办移交的时候，可别遗漏了半点东西。书整理好了，笔记本整理好了，照片胶卷相册也整理好了。那些写着不同地名的石头，也清点好了。在整理衣服和被褥的时候，刘明叮嘱大家仔细检查衣服的衣兜和铺板，别遗漏了现金、信件什么的，说："一张纸条也要放好！"

李玉建忽然想起什么，问办公室管财务的同志：“书记还有没领的工资吗？”那人回答：“这个月的工资，已经发放，考虑他们出发新疆要用钱，连12月份的工资，都提前预支了。”尽管对孔繁森非常熟悉，深知他的简朴和清贫，但眼前的清点结果，还是让刘明、李玉建惊异了。就这些吗？刘明捏着手里的几张纸币问李玉建，又像在问自己。李玉建点点头，已是泪流满面。

五张纸币——一张伍圆、一张贰圆、一张壹圆、一张伍角、一张壹角，共八块六角钱。按照阿里当时的物价，能买一个半鸡蛋、一斤一两菠菜、七两大白菜，不过，只能买其中的一样。

这就是20世纪90年代，在一个人民都已经开始富裕起来的国家，一个执政党的地委书记在世界最高海拔上给老婆、孩子留下的所有资产。

在聊城，王庆芝送走一批又一批前来安慰的人们，面对一只木板拼成粗陋的木箱、六只因长途运输挤压得有些变形的六个纸箱，哽咽着对阎廷琛说：“阎书记，你看，繁森这辈子就留下了这些。”曾经两次和孔繁森做同事、一向思维敏捷、口才很好的阎廷琛愣在那里沉吟了好一会儿，才意味深长地说：“庆芝同志，别难过，你家繁森，给共产党挣来了一万吨黄金都买不到的好名声！”

第十三章

孔繁森身后的人们

孔繁森的继任者达瓦次仁接过了孔繁森的担子，继续为阿里人民拼搏奉献，心脏搭了桥的他，于 2001 年 9 月不幸倒下，和孔繁森一起长眠在拉萨烈士陵园，接受着一批又一批缅怀者的致敬。孔繁森离开 18 年后，陕西籍援藏干部、噶尔县委书记张宇在七夕这个浪漫的日子里，因劳累突发心脑血管疾病引发急性心梗，43 岁的人生定格在两位地委书记殉职的地方。

2003 年 12 月 13 日，年仅 40 岁的那曲地区班戈县委常委、组织部长祁爱群，因突发脑溢血，不幸殉职在工作岗位。

2017 年 9 月 25 日，坚持了 16 年的学术援藏，收集上千种植物的 4000 多万粒种子，填补了世界种质资源库没有西藏种子空白的复旦大学教授钟扬，因车祸倒在赶飞机的途中。这位为西藏高等教育事业创造一个又一个奇迹的高原生态学家，年仅 53 岁。

2017 年 10 月 13 日，山南市扎囊县人民政府原副县长慕育军因积劳成疾倒下，年仅 40 岁。他 19 岁成为武警西藏山南支队的武警战士。退役后，他选择了留在西藏，把人生最美好的 21 年奉献给祖国边陲。

扎西岗边防连常年驻守在海拔 4600 多米的边关哨卡，先后有 80 多名官兵患上高原病、6 人留下终身残疾、5 人长眠雪山。中央军委授予扎西岗边防连“雪域高原戍边模范连”荣誉称号。

仅 2020 年，西藏在岗牺牲的公务员就有 60 多人，是和平年代牺牲最多的群体之一。

还有许许多多活着的孔繁森，在那片神圣的国土上，贡献了青春，贡献了终身。

孔繁森，还活着

尾声

孔繁森，还活着

王庆芝仍然保留着晚睡的习惯，因为孔繁森在西藏的十年里，都是晚上九点钟之后给他打电话。当时没有手机，都是人工转接有线电话，只有晚上线路不忙，孔繁森和王庆芝才有机会说说话。到阿里之后，打电话更不方便，有时孔繁森下乡都是十天半月才通一次话，有时，根本打不通，西藏和内地亲人之间通个电话也相当不容易，阿里和聊城还有两个多小时时差，孔繁森忙完了，还担心影响王庆芝休息，所以只好放弃。王庆芝对笔者说："也许是他去世的时候，我没亲眼见，总觉得他没有死，还在那里没黑没白地忙。"晚上睡觉前，就对自己说，别忙着睡觉，一会儿他可能打电话。就这样，这么多年过去了，这位痴心的妻子还在临睡前习惯性地等着丈夫从遥远的高原上打来的电话。

每年的 11 月 29 日，孔繁森生前在阿里的战友们都从四面八方提前赶到聊城，看望慰问王庆芝。阿里地委原秘书长、遵义市原人大主任刘明每年来聊城看望老班长，后因身患癌症不能前来，还专门派儿子前来，后来他鼓励儿子考上了在济南的大学，其中一个理由就是离聊城近，可以代表他"去看你的孔伯伯"。

原山西省蓝天碧水工程办公室主任、孔繁森同志纪念馆名誉馆长柴腾虎长年义务宣传孔繁森精神，不仅出版了《永远的孔繁森》等阿里三部曲，每年还在殉职日自费参加聊城的纪念活动，30 年来，从未间断。

通信员梁福兴是重庆人，在孔繁森逝世后，专门要求到济南工作，以便就近照顾王庆芝，找对象的条件之一，必须是聊城姑娘。如今，他是济南市公安局的一名处级警官，已经有了一个幸福的四口之家，更重要的是，他在工作和生活中时刻用孔繁森的标准来要求自己，用实际行动传承着老书记的精神。

孔繁森当年帮助的个体商贩黎穆萨，现在已经是西藏旅游工艺品商会的会长，这些年一直在寻找孔繁森在岗巴的救命恩人，并决定替孔繁森还愿，回报岗巴人民的救命之恩，从2016年开始专门设立“孔繁森奖学金”奖励考入高等院校的岗巴昌龙籍的大学生、研究生，每人2000元，至今仍在发放。

阿里地区人大原副主任、时任措勤县委书记肖达瓦，在接受采访时深情地说：“有人说，孔繁森是个傻子，我说这个傻子当得好。我们的人民需要这样的、更多的傻子。在阿里，只要狮泉河在，冈底斯山在，孔繁森书记就在！”

记不清是谁说的：人有三次死亡。第一次是在医院里，医生下达死亡通知书，宣布生命的终结；第二次是在你的家里，所有的亲朋好友为你举行追悼仪式，直到葬礼结束；第三次是在人的心里，当这个世界上最后一个认识你的人再也不能把你想起时。

如果孔繁森还活着，应该是80岁的老人了，是在聊城的东昌湖畔，穿着满是兜兜的摄影背心，拍摄美丽的水城风光，还是在济南英雄山大雪松下，和白发合唱团的团员们引吭高歌红色经典歌曲，是在北京的某个中学门口等着接他最小的外孙，还是在某个幽静的住宅小区和王庆芝刚从超市采购回家，盘算着周末大展厨艺为回家的孩子们准备可口的晚宴。

只要有人铭记，他就不会死去。30 年过去了，仍然有这么多认识的和不认识的人都还记得他、怀念他、学习他。从这个意义上说，孔繁森现在还活着，还活在这个世界上、活在人们的心里！

参考资料

[1]《领导干部的楷模——孔繁森》，人民日报 1995 年 4 月 7 日。

[2]《孔繁森札记》，党建读物出版社 1996 年版。

[3]《阿里地方志》（上下册），中国藏学出版社 2009 年版。

[4]《孔繁森的初心可以这样讲》，山东人民出版社 2020 年版。

[5]《孔繁森日记》，人民出版社 2021 年版。

[6]《雪域送暖人》，中国大百科全书出版社 1998 年版。

[7]《高原雪魂——孔繁森》，山东文艺出版社 1995 年版。

[8]《孔繁森的故事》，山东人民出版社 1995 年版。

[9]《永远的孔繁森》，人民日报出版社 2004 年版。

[10]《永远的孔繁森》（二），陕西人民出版社 2014 年版。

[11]《抹不掉的记忆》，山东文艺出版社 2011 年版。

[12]《心碑——纪念孔繁森殉职十周年》，山东新闻出版局 2004 年版。

[13]《祖国不会忘记——孔繁森》，陕西人民出版社 2000 年版。

[14]《孔繁森》，中央文献出版社 2017 年版。

[15]《美丽中国行——走近孔繁森》，中国旅游出版社 2019 年版。

［16］《优秀领导干部先进事迹选编》，党建读物出版社 2015 年版。

［17］《我心中的孔繁森——口述孔繁森实录》（拉萨篇），山东人民出版社、西藏人民出版社 2023 年版。

［18］《我心中的孔繁森——口述孔繁森实录》（阿里篇），山东人民出版社、西藏人民出版社 2022 年版。

［19］《黄河之子》，华艺出版社 2003 年版。

［20］《照片背后的孔繁森故事》，山东人民出版社 2020 年版。

［21］《"不忘初心、牢记使命"优秀共产党员先进事迹选编》党建读物出版社 2019 年版。

［22］《踏着孔繁森的足迹》，西藏人民出版社 2004 年版。

［23］《聊城文化史》，中国社会科学出版社 2014 年版。

［24］《孔繁森价值观研究》，中共中央党校出版社 1998 版。

［25］《雪域不了情》，天津教育出版社 2001 版。

［26］《孔繁森》，山东美术出版社 1997 年版。

［27］《领导干部的楷模——孔繁森》，党建读物出版社 1995 年版。

［28］《新时代孔繁森精神研究》，济南出版社 2022 年版。

图书在版编目（CIP）数据

大爱传奇 ： 孔繁森 / 高杉著． -- 北京 ： 外文出版社，2024．9．--（中国共产党人）．-- ISBN 978-7-119-13832-9

Ⅰ．I25

中国国家版本馆 CIP 数据核字第 20248Y9C51 号

出版指导：杨春燕
责任编辑：曹晓娟
封面设计：婉　婉
图片提供：孔繁森同志纪念馆
印刷监制：秦　蒙

大爱传奇：孔繁森

高　杉　**著**

出 版 人：胡开敏
出版发行：外文出版社有限责任公司
地　　址：中国北京西城区百万庄大街 24 号　　**邮政编码：**100037
网　　址：http://www.flp.com.cn　　**电子邮箱：**flp@cipg.org.cn
电　　话：008610–68320579（总编室）　008610–68996064（编辑部）
008610–68995852（发行部）　008610–68996183（投稿电话）
制　　版：北京杰瑞腾达科技发展有限公司
印　　刷：北京侨友印刷有限公司
经　　销：新华书店 / 外文书店
开　　本：700mm × 1000mm　1/16　　**印　　张：**18.75　　**字　　数：**250 千字
装　　别：平装
版　　次：2024 年 9 月第 1 版第 1 次印刷
书　　号：ISBN 978–7–119–13832–9
定　　价：68.00 元